내 인생에서 가장 멋진 거래

내 인생에서 가장 멋진 거래

초판 1쇄 발행 2015년 1월 29일

지은이 · 오일구

펴낸이 · 유형태
펴낸곳 · (주)코치커뮤니케이션
출판등록 · 2002년 9월 14일 제16-2814호

편집 · (주)코치커뮤니케이션 출판 사업부
교정 · (주)코치커뮤니케이션 출판 사업부
마케팅 · (주)코치커뮤니케이션 출판 사업부
디자인 · (주)코치커뮤니케이션 출판 사업부

주소 · 서울시 마포구 서교동 392-33번지 서교제일빌딩 301호
전화 · (02)543-4886
FAX · (02)548-2991
전자우편 · coachcomm@naver.com

ISBN · 978-89-954632-3-9 03810

이 책의 저작권은 (주)코치커뮤니케이션에 있습니다.
이 책 내용의 전부 또는 일부를 사용하려면 반드시 저작권자와 (주)코치커뮤니케이션의
서면 동의를 받아야 합니다.

잘못된 책은 바꾸어 드립니다.

책값은 뒤표지에 있습니다.

내 인생에서 가장 멋진 거래

오일구 장편소설 (글·그림 오일구)

COACH
Communications

우주를 움직이고 있는 톱니바퀴를 바꿀 수 있고,
그 톱니바퀴가 무엇인지 알고 있는
Ryu Ju Hee 에게

차례

프롤로그	10
1부	22
2부	82
3부	160
4부	212
5부	240
에필로그	270
작가의 말	282

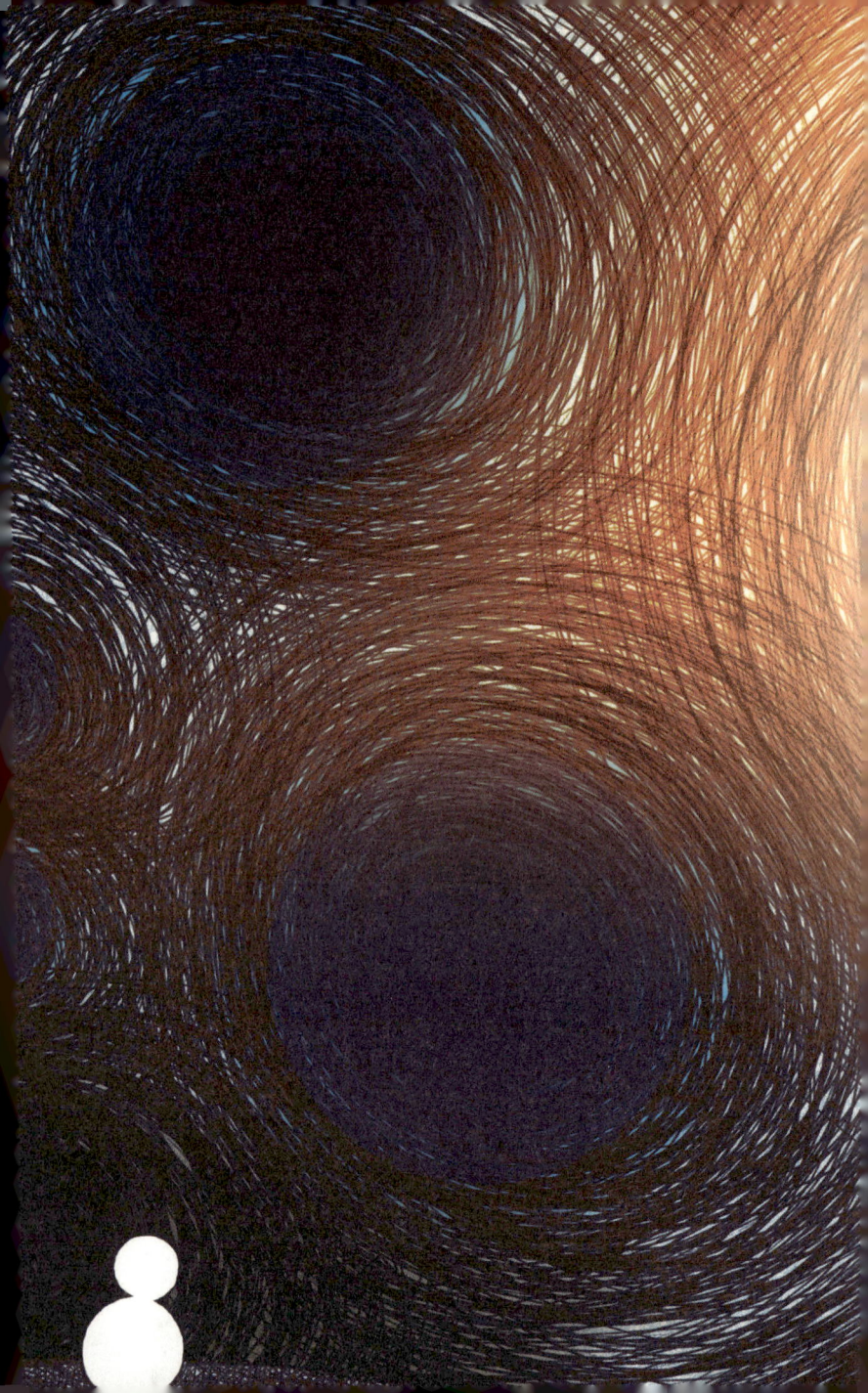

이 책은 지금도 어디에선가 살고 있을지 모르는
눈사람들의 이야기이다.
그들은 인간과 달리, 겨울 속에 갇혀 살아야 했고,
그것은 바꿀 수 없는 운명이었다.

인간은 사고(思考)는 자신이 믿는 쪽으로 움직인다

519

Prologue

저 멀리 세상 끝에 있는 눈사람 마을에 여름이 시작되었다. 눈사람들은 하던 일을 멈추고 집 안으로 뛰어들어가, 창문에 검은 커튼을 드리웠다. 흰 눈으로 덮여 있는 눈사람 마을은 순식간에 열기에 휩싸였다.

이글거리는 열기는, 눈사람 마을에 쌓여 있는 눈을 녹이고 바위산 너머에 있는 인간의 마을로 퍼져나갔다. 그리고 영험한 언덕과 샤르룽 마을을 지나 성주의 범선이 정박한 항구를 가로질러 세상의 중심에 있는 거대한 도시를 뒤덮었다.

흰 눈이 녹은 물은 비좁은 골목길을 따라 눈사람 마을의 중심에 있는 늪지대로 흘러갔다. 늪지대로 흘러든 물은 다시 대지의 핏줄을 타고 온갖 생명체의 뿌리 가까이로 스며들고, 겨

우내 앙상했던 나무들이 풍성한 물과 따스한 빛을 공급받아 무서운 속도로 자라기 시작했다. 땅속에 웅크리고 있던 온갖 씨앗이 싹을 틔우고, 꽃을 피우고 이윽고 열매로 변했다.

생명력 강한 가시덤불도 자라기 시작했다. 몇 주가 지난 후에는 가시덤불이 지붕과 굴뚝을 휘감고, 다시 몇 주가 지난 후에는 눈사람 마을을 전부 뒤덮었다. 눈사람 마을은 누구도 들어갈 수 없는 가시덤불 숲으로 변했고, 움직이는 것이라고는 늪지대를 찾아드는 산짐승들과 하늘을 비행하는 새 떼 그리고 가시덤불을 넘나드는 곤충들뿐이었다. 한여름 밤, 희미한 달빛이 비추는 눈사람 마을의 풍경은 저주받은 자들의 무덤 같았다.

눈사람들이 살고 있는 집은 널빤지로 만들어 구조가 허술했다. 집이 허술하다보니 여름에는 집 안에 열기가 가득했고, 열기를 이겨내지 못하는 눈사람은 녹아서 물이 되었다. 눈사람의 조상은 열기를 해결하는 지혜로운 방법을 후손에게 전해주었는데, 그것은 땅 밑으로, 지하수가 흐르고 있는 암벽까지 동굴을 파는 것이었다.

겨울에 눈사람들은 얼음을 동굴에 보관했다가 여름이 시작되면 집 안으로 냉기를 공급했다. 동굴은 눈사람에게 생명줄

이었으며 혹독한 열기를 피할 수 있는 피난처였다.

열기뿐만 아니라 눈사람의 생존을 위협하는 것들이 마을 곳곳에 널려 있었는데, 그중에서도 가장 위험한 존재는 가시덤불이었다. 허술한 집의 틈새를 비집고 들어와 집을 무너뜨렸기 때문이다.

눈사람 마을 앞 언덕 위에는 거대한 고목이 한 그루 서 있다. 눈사람의 조상들은 그 고목이 눈송이를 만들고, 눈송이를 온 세상으로 퍼트리기에 겨울이 존재한다고 믿었으며 그 믿음은 지금까지 이어져 내려오고 있다.

겨울이 끝나고, 꽃이 피는 계절이 시작되면, 고목 아래로 인간들이 몰려왔다. 그들은 풀밭 위에 온갖 과일과 달콤한 빵을 펼쳐놓고, 향기로운 물을 곁들인 채 가무를 즐겼다. 하지만 그들은 자식들에게는, 언덕은 물론 눈사람 마을에 가는 것을 금지했는데 그 명령은 군법처럼 작용했고, 법을 어기는 아이들에게는 가혹한 형벌이 내려졌다. 그 이유는 호기심 가득한 아이들이 가시덤불 숲으로 들어갔다가 길을 잃는 사고가 자주 발생했기 때문이다. 그 때문에 눈사람 마을을 불태워버리자는 인간이 나타났고, 눈사람을 혐오하는 마음으로 이어졌다.

그러나 먼 곳에 있는 시장을 오가는 상인의 자식들이나 부모의 시선에서 벗어난 아이들은 형벌로도 제제할 수 없었다. 그 아이들은 자신과 비슷한 처지에 있는 아이들을 꼬드겨 언덕으로 몰려왔다.

언덕으로 몰려온 아이들 중에는 눈사람이 살고 있는 집까지 내려와 긴 막대기로 창문을 두드리고, 심지어는 돌을 던지는 아이도 있었다. 그 때문에 창문이 깨지고, 햇빛에 노출된 눈사람이 녹아서 물이 되는 일이 발생했다. 눈사람은 사고를 방지하기 위해 창문에 철망을 쳤다.

눈사람 마을에서 언덕 위로 이어진 길은 눈사람이 외부로 나갈 수 있는 유일한 통로다. 그 길은 언덕을 지나 드넓은 평야를 가로질러 바위산 아래를 관통하는 동굴로 연결되어 있다. 동굴을 빠져나가면 인간이 살고 있는 마을이 나타난다.

인간의 마을은, 넓은 도로들이 방사상으로 뻗어 있는 상업 도시다. 마을의 중심에는 제법 큰 시장이 형성되어 있고, 사방으로 뻗은 도로를 따라 상인들이 몰려들었다.

마을에 거주하는 인간은 노예상의 후손이다. 그들의 조상들은 노예를 사고팔아 상당한 영화를 누렸지만 시대가 변하면서 위기에 봉착했다. 인간은 고심 끝에 눈사람이 만든 물건

을 헐값에 구입해서 타지 상인들에게 되파는 상술을 생각해 냈다. 거기에서 얻은 판매 차익으로 다시 풍요를 누리게 되었다.

인간은 그들의 저택에 화려한 정원을 갖는 것이 풍요의 상징이라고 생각했다. 그러다보니 경쟁적으로 넓은 정원을 만들고, 온갖 조각상이 에워싼 분수대, 쉼터, 산책로를 조성했다. 그중에서도 인간이 가장 탐내는 것은 나무였는데 나무의 크기에 따라 풍요의 정도가 달라진다고 믿었기 때문이다.

나무에 대한 욕심을 채우기 위해서 인간은 많은 금화를 투자해서 세상 도처에 있는 내로라하는 나무들을 사들였다.

인간이 가장 탐내는 나무는 눈사람 마을 앞에 있는 고목이다. 하지만 고목의 크기가 워낙 거대하다보니, 마을에서 제일가는 갑부의 정원조차도 고목의 크기를 감당할 수 없었다. 하지만 인간은 고목에 대한 집착을 버리지 못하고, 인간의 풍요를 위해, 마을의 중심에 있는 광장으로 고목을 옮겨다 심기로 합의했다.

뜨거운 열기가 세상을 휘감던 어느 여름날, 인간은 거대한 도르레와 굴착기를 이끌고 눈사람 마을로 진군했다.

그들은 언덕 위에 진을 치고 고목의 밑동을 파 내려갔다.

밤에는 횃불이, 낮에는 웃통을 벗은 건장한 사내들이 부산하게 움직이고, 도르레 삐걱거리는 소리, 쇳소리, 말이 울부짖는 소리가 울려 퍼졌다.

커튼 뒤에서 숨 죽이며 그 광경을 올려다보고 있던 눈사람들은 공포에 떨어야 했다. 그러나 열기가 이글거리고 있는 한여름에 인간을 저지할 방법은 없었다. 집을 나서는 순간 몸이 녹아내릴 터였기 때문이다.

한 달 보름이 흘러갔지만 그때까지도 인간은 고목의 뿌리조차 찾지 못했다. 뜻대로 되지 않자 그들은 흉포해지기 시작했으며, 예리한 도끼로 고목의 허리를 마구 찍어댔다. 아예 고목을 베어버리자는 인간도 나타났다.

두 달이 지난 어느 날, 인간은 고목 주위에 깊게 파인 구덩이를 여러 개 남겨둔 채 마을로 돌아갔다. 고목은 마르기 시작했고 나뭇잎도 생기를 잃어갔다.

눈사람들은 공포에 빠졌다. 고목이 고사하는 날에는 겨울이 사라지고 여름만 존재하는 세상이 될 터였기 때문이다. 그것은 눈사람의 종말을 뜻했다.

이윽고 고목의 잎사귀들이 바스락거리며 떨어지고, 줄기도 흙빛으로 변했다. 밤하늘을 배경으로 고목의 실루엣이 흔들릴 때면 스산한 기운마저 느껴졌다.

두려움에 빠져 사는 날이 이어지던 어느 날, 하늘 끝에서 나타난 검은 폭풍우가 태양을 집어삼켰다. 세상은 암흑에 휩싸이고, 암흑 속에서 천둥과 번개의 아우성이 터져나왔다.

"쾅, 콰광광!"

비와 바람, 모래먼지의 아우성도 이어졌다.

"스스슥! 휘리릭!"

고목의 고통 소리도 터져나왔다.

"끼기긱, 끼기긱!"

눈사람들의 공포는 극에 달했지만 암흑 속에서 무슨 일이 일어나고 있는지 도무지 가늠할 길이 없었다.

한 달 동안 이어진 폭풍우가 지나간 뒤에 언덕은 달라져 있었다. 구덩이는 흙으로 채워졌고 고목도 생기를 되찾기 시작했다.

1부

'나는 왜 겨울 속에서 살아야 하는 걸까?'

눈사람 소년 키크는 오늘도 냉기 가득한 집 안에서, 커튼 사이로 언덕을 올려다보며 생각에 잠겼다. 하지만 지금까지 그랬던 것처럼 머릿속이 복잡해졌다.

소년이 생각에 잠겨 있을 때 언덕 위에 아이들이 나타났다. 아이들은 깔깔거리며 고목 주위를 맴돌고 풀숲과 꽃밭을 뛰어다녔다.

'아이들과 함께 놀고 싶어.'

하지만 문을 열고 밖으로 나서는 순간 자신의 몸이 녹아내린다는 사실을 소년은 알고 있었다.

'이렇게 열기가 이글거리는 날에는 물기도 안 남을 거야.

그럼 아빠는 내가 녹아서 사라진 줄도 모를 테지.'

소년은 눈사람을 녹아내리게 하는 열기의 정체가 궁금해졌다.

'열기는 무엇일까?'

소년은 태양을 떠올리고는, 어쩌면 태양이 화가 나서 열기를 내뿜는지도 모른다고 생각했다.

이번에는 태양의 정체가 궁금해졌다.

'태양은 누가 만들었을까?'

그 질문이 소년의 머릿속을 뒤엉키게 했다. 소년은 머리를 흔들고는 다시 언덕을 올려다보았다. 햇빛을 등지고 뛰노는 아이들은 마치 태양 속을 날아다니는 천사 같았다.

'햇빛을 받는 느낌은 어떤 걸까? 따스할까? 뜨거울까?'

소년은 생각 끝에 놀라운 결론을 이끌어냈다.

'어쩌면 눈송이처럼 부드러울지도 몰라. 햇빛과 눈송이는 모두 하늘에서 내리는 것이니까.'

그러나 그 생각은 잠시뿐. 소년은 자신이 내린 결론이 왠지 이치에 맞지 않는다는 생각이 들었다. 그래서 상상하고 다시 결론을 이끌어냈다.

'그래, 눈송이보다 더 부드러울 거야. 햇빛은 만질 수 없으니까.'

소년이 상상에 빠져 있을 때 아이들이 언덕을 내려오기 시작했다. 소년은 겁이 났다. 아이들이 돌을 던질 것 같았기 때문이다.

아니나 다를까, 소년의 예상대로 소년의 집 앞에 가장 먼저 도착한 아이가 날카로운 눈빛으로 창문을 쩨려보고는 소년의 집을 향해 돌을 던지기 시작했다. 다른 아이들도 따라 했다. 다행히도 아이들이 던진 돌멩이는 창문까지 날아오지 못하고 가시덤불 숲에 떨어졌다. 힘센 아이가 던진 돌멩이 하나가 창문까지 날아왔지만 철망을 맞고 떨어졌.

소년은 아이들을 만날 수 있는 날이 온다면 돌 던지는 놀이가 눈사람들한테 얼마나 끔찍한 일인지를 알려주고 싶었다.

어느새 소년 곁으로 다가온 아버지가 말을 건넸다.

"애야, 태양을 조심하거라. 순식간에 네 목숨을 빼앗아간단다."

"아이들 눈빛이 더 무서워요."

"네가 어른이 되면 태양을 더 무서워하게 될 거다. 태양이 내뿜는 열기는 너를 순식간에 녹여서 물로 만들어버린단다."

"아빠, 저는 태양이 무섭지 않아요!"

그것은 사실이었다. 소년은 태양이 무섭지 않았다.

"네가 자랑스럽구나. 하지만 이것만은 꼭 기억해야 한다.

세상에는 태양보다 더 무서운 존재가 있단다. 그 존재를 만나는 날이 오면 용기로 이겨내야 한다."

아버지가 커튼을 내렸다. 집 안은 어두컴컴해지고, 창 너머로 아이들의 깔깔거리는 소리가 들려왔다.

'태양보다 더 무서운 존재? 그게 뭘까?'

소년은 생각했다.

'머리에 뿔이 달린 괴물일까? 하늘을 날아다니는 마녀일까?'

아무리 생각해도 소년은 태양보다 더 무서운 존재를 알 수 없었다. 태양은 괴물과 마녀를 모두 태워 죽일 수 있기 때문이다.

아이들을 본 날이면 눈사람 소년은 항상 똑같은 꿈을 꾼다. 햇빛 가득한 언덕에서 인간 아이들과 함께 뛰노는 꿈이었는데, 고목이 서 있는 자리에는 거대한 빛의 기둥이 솟아 있었고, 아이들의 눈에는 살기가 서려 있었다.

아이들과 함께 하는 놀이의 규칙은 아주 단순했다. 아이들이 빛의 기둥 속으로 숨으면 소년이 아이들을 찾는 것이다. 빛이 몸에 닿는 순간 녹아서 사라진다는 것을 알면서도 소년은 술래를 자청했다. 그래야만 아이들과 함께 놀 수 있었기 때문이다.

꿈의 결말도 똑같았다. 아이들에게 떠밀린 소년이 빛의 기둥 속으로 빨려들어가는 것이다. 그때마다 몸이 녹아내리는 고통을 겪었지만, 소년은 아이들과 함께 뛰노는 꿈을 꾸는 순간을 그 무엇과도 바꿀 수 없을 만큼 소중하게 여겼다. 그런 생각이 들 때마다 소년은 자신이 나쁜 눈사람이라고 생각했다. 죽음을 담보로 놀이에 빠져 있는 자신을 생각하면 부모한테 미안한 생각이 들었기 때문이다.

소년은 아이들의 눈빛에 대해서도 생각해보았다. 하지만 아무리 생각해도 왜 그런 눈빛을 하고 있는지 이해할 수가 없었다. 눈사람들이 인간이 살고 있는 집에 돌을 던진 것도, 창문을 깬 것도, 그렇다고 해코지를 한 것도 아니었기 때문이다.

'눈사람이 인간에게 죄를 진 걸까?'

어쩌면 그럴지도 모른다고 소년은 생각했다. 그렇지 않고서야 인간이 눈사람을 미워할 이유가 없기 때문이다.

'무슨 죄를 진 걸까?'

눈사람이 저지른 죄가 무엇인지 소년은 상상해낼 수 없었지만 속으로는 궁금증이 커져갔다.

소년은 지금도 햇빛 가득한 언덕을 처음 본, 어린 시절의 기억을 잊지 못한다. 커튼 사이의 좁은 틈으로 볼 수밖에 없었지만, 그곳은 낙원이었다. 하늘 끝에는 하얀 빛을 내뿜는 둥근 물체가 떠 있고, 거대한 고목이 한 그루 서 있었다. 고목 밑에는 온갖 꽃과 녹색 풀이 자라고 있었으며, 그 사이를 꿀벌과 나비들이 날아다니고 있었다. 그때 소년은 아버지에게 물었다.

"아빠, 나도 언젠가 햇빛 가득한 세상으로 나갈 거예요! 나비들과 함께 춤을 추고, 꽃향기도 맡아보고 싶어요. 아빠, 꽃에서는 어떤 향기가 날까요?"

아버지는 망설였다. 소년의 아버지도 꽃향기를 맡아보지

못했기 때문이다.

"……얘야, 미안하구나. 그 질문에는 아빠도 대답을 해줄 수가 없구나."

소년은 시무룩해졌다.

아버지는 소년에게 많은 얘기를 들려주었는데 그중에는 우주에 관한 얘기도 있었다.

"우주가 뭐예요?"

소년이 물었다.

"무에서 생겨난 존재란다."

"아무것도 없는 곳에서 어떻게 우주가 생겼어요?"

"그곳에는 신이 살고 있단다. 그분이 우주를 만들었다."

"와, 그렇게 놀라운 능력을 갖고 있는 분이라면 우리를 겨울에서 벗어나게 해줄 수 있겠네요?"

아버지는 이번에도 대답을 하지 못했다.

아버지는 고목에 관한 얘기도 했는데, 고목은 눈사람을 지켜주는 수호신이며 눈송이를 만들고, 겨울을 만든다고 했다. 그것은 사실이었다. 고목이 춤을 추면 나뭇가지에서 눈송이들이 뿜어져나왔고, 겨울이 시작되었기 때문이다.

아버지는 고목뿐만 아니라 다른 이야기도 들려주었는데 대부분은 인간들이 살고 있는 마을과 시장에 관한 이야기였다.

그중에서도 소년이 가장 의아해했던 것은 저택의 정원에는 분수대라는 게 있고, 그곳에서 물이 뿜어져나온다는 것이었다. 소년은 그 물이 눈사람들이 녹은 물이 아닐까 하는 생각을 떨쳐버릴 수가 없었다.

"아빠, 분수대에서 나오는 물은 어디에서 온 거예요?"

"땅속을 흐르는 물이란다."

"……그럼 눈사람들이 녹은 물은 어디로 가요?"

"완전한 세상으로 흘러간단다. 인간도 마찬가지란다."

"인간도 죽으면 물이 되는 건가요?"

"흙이 된단다."

"흙이 어떻게 흘러가요? 흙이 물로 변하나요? 물결을 타고 흘러가는 거예요?"

아버지는 소년의 질문에 대답은 하지 않고, 흐뭇한 미소를 지으며 한동안 질문을 퍼붓는 소년을 내려다보았다.

소년은 질문을 퍼부은 것이 미안한 생각이 들었다.

"아빠, 저는 왜 이렇게 궁금한 게 많을까요?"

"의문을 갖는 것은 좋은 일이란다. 의문을 하나씩 풀어가다보면 우주의 이치를 깨닫게 되고, 네 영혼을 만날 수 있단다."

"영혼이 뭐예요?"

"네 마음속에는 비밀통로가 있단다. 그 비밀통로 끝에 네 영혼이 있단다."

"그런데 저는 왜 한 번도 만나지 못했을까요, 저한테는 영혼이 없는 걸까요?"

"아니란다, 애야. 지금도 영혼을 만나고 있단다. 네가 아직 영혼을 인식하지 못하고 있을 뿐이란다."

"언젠가 제 영혼을 만났으면 좋겠어요."

소년은 영혼을 만날 수 있다면 혼자 심심하게 지내지 않아도 될 것 같다는 생각에 기분이 좋아졌다.

아버지는 가끔은 할아버지 얘기도 했다.

"할아버지는 용기 있는 분이란다. 네가 태어나기도 전에 미지의 세상을 찾아 여행을 떠나셨다."

"할아버지가 찾아가신 곳은 어떤 세상이에요?"

"겨울만 있는 곳이란다. 할아버지는 평생을 그런 세상을 찾고자 하셨다."

"그런 세상이 있어도 전 가지 않을래요!"

소년이 힘차게 말했다.

"왜 그런 다짐을 하지?"

아버지는 깜짝 놀라 물었다.

"겨울만 있는 세상은 싫어요. 저는 꽃이 피고 나비가 날아다니는 세상에서 살고 싶어요."

아버지는 입을 굳게 닫고 더 이상 아무 말도 하지 않았다. 그때 소년은 아버지의 눈동자 속에 잠겨 있는 고뇌를 보았지만 그것이 무엇을 의미하는지는 알 수 없었다.

시간이 좀 더 지난 후에 소년은 할아버지에 관해 물어보는 것이 아버지를 힘들게 한다는 것을 알았다. 할아버지가 찾아가셨다는, 겨울만 있는 세상에 대해 물어볼 때마다 아버지는 멍하니 허공을 응시하곤 했기 때문이다. 그후 소년은 할아버지에 관해 더 이상 묻지 않기로 했다.

온갖 잡동사니와 다양한 종류의 공구가 흩어져 있는 골방은 소년의 유일한 놀이터다. 하지만 공간이 워낙 좁다보니 소년이 할 수 있는 놀이라고는, 한곳에 앉아서 나무조각으로 탑을 쌓는 것이 전부였다. 하도 오랫동안 그 놀이를 하다보니 소년은 금세 지루해졌다. 이런저런 궁리 끝에 소년은 아버지가 만들어 준 장난감을 창가에 옮겨놓고, 그 장난감을 다시 있던 자리로 가져와 다른 모습으로 정리하는, 옮겨 쌓기 놀이를 생각해냈다. 그날 소년은 햇빛 가득한 세상을 처음 본 그날처럼 기뻤다. 자신이 지루해하지만 않는다면 언제까지고 할 수 있는 놀이였기 때문이다.

그러나 채 며칠도 지나지 않아 그 생각이 소년을 불안하게 했다. 골방에 틀어박혀 어른이 될 때까지 그 놀이를 되풀이해야 할 것 같았기 때문이다.

난생처음 느껴보는 두려움에 소년은 잠을 이룰 수 없었다. 하지만 며칠이 지난 후, 미래에 대한 두려움이 사라지고 용기가 솟구쳤다. 마치 미지의 존재가 자신에게 용기를 주는 것 같았다.

"그런 일은 절대 일어나지 않을 거야!"

소년은 주먹을 불끈 쥐었다.

"어른이 되기 전에 햇빛 가득한 세상으로 나갈 거니까!"

그때부터 소년의 마음 한구석에는 햇빛 가득한 세상으로 나가겠다는 꿈이 자라기 시작했고, 태양에 맞서는 꿈을 품었다. 그러나 그 꿈은 금세 좌절했다. 태양에 맞서는 순간 자신의 몸이 녹아내린다는 두려움 때문이었다. 소년은 다시 용기를 내고 두려움을 잠재웠다.

꿈을 꾸고 좌절하고, 다시 꿈을 키워가는 시간 속에서도 소년은 겨울을 손꼽아 기다렸다. 겨울에는 바깥으로 나가 고목과 함께 숨바꼭질을 하고, 눈송이들과 함께 뛰놀 수 있었기 때문이다.

고목의 나뭇가지에서 겨울의 시작을 알리는 첫눈이 쏟아져 나오는 날, 소년은 여름 동안 잠겨 있던 문을 활짝 열고 언덕

으로 달려갔다.

지금은 흰 눈으로 덮여 있는 언덕 풍경에 익숙해졌지만, 소년이 아주 어릴 때, 난생처음으로 언덕에 오른 그날, 꽃과 나비가 사라지고 흰 눈으로 덮여 있는 세상을 본 소년은 크게 실망했다. 겨울에도 꽃이 피어 있고 나비가 날아다닐 것이라고 믿고 있었기 때문이다. 그때 소년은 화가 나서 고목에게 쏘아붙였다.

"네가 눈송이를 만들어서 꽃을 다 덮어버린 거야?"

"그건 내가 할 수 있는 일이 아니란다. 우주의 섭리란다."

"우주는 어디에 있어? 지금 당장 우주를 만나야겠어!"

"우주를 만나서 어쩌려고?"

"겨울에도 꽃이 필 수 있게 해달라고 할 거야. 그럼 나비도 날아올 거야."

"그 부탁은 우주도 들어줄 수가 없단다."

"어째서?"

"우주는 자신조차도 알 수 없는 어떤 균형에 의해서 움직이기 때문이란다."

"균형이 뭐야?"

"수십억 개의 톱니바퀴로 이루어진, 우주를 움직이는 조종장치란다. 그 조종장치가 우주의 균형을 잡아주기에 우리가 존재할 수 있는 거란다."

"그렇게 많은 톱니바퀴 중에서 톱니바퀴 한 개를 바꾸면 어떻게 되는데?"

"아마도…… 수천 개의 태양이 뜨고, 온 세상이 불바다가 될 거야. 어쩌면 땅이 갈라지고 대지가 물에 잠길지도 몰라. 그렇게 되면 우주가 혼돈에 휩싸인단다."

겨울에 꽃을 피우는 일 하나가 수천 개의 태양을 뜨게 하고, 세상을 불바다로 만들고, 우주를 혼돈에 빠트린다는 말을 소년은 이해할 수 없었지만, 어쩌면 고목의 말이 사실일지도 모른다는 생각이 들었다. 장난감 옮겨 쌓기 놀이를 할 때도 균형을 잡지 못하면 장난감이 와르르 무너져 내렸기 때문이다. 그날 소년은 우주의 균형을 잡아주는 톱니바퀴 하나가 잘못되면 우주가 혼돈에 휩싸인다는 사실을 알았다.

소년은 우주의 균형을 잡아주는 톱니바퀴의 비밀이 궁금해졌다.

'우주를 움직이는 톱니바퀴는 어떻게 생겼을까? 그리고 누가 그 톱니바퀴를 움직이는 걸까? 신일까? 아니면……'

눈사람은 여름에는 집 안에 갇혀 물건을 만들고, 눈사람이 움직일 수 있는 겨울이 시작되면 인간 마을에 있는 시장에 나가 장사를 했다.

대부분의 눈사람은 인간에게 일감을 받아 생계를 꾸려나갔으며, 개중에는 자신이 만든 물건을 시장으로 갖고 나가, 타지에서 온 상인들과 직거래하는 눈사람도 있었다. 일감을 받든, 타지에서 온 상인을 상대하든, 눈사람이 만든 물건은 헐값에 거래되었다. 인간들이 물건 값을 매겼기 때문이다.

부당한 거래였지만 눈사람들은 그 거래를 거부할 수 없었다. 타지 상인들도 마을에 있는 인간과 한통속이었고, 인간 마을에 있는 시장 외에 다른 시장은, 여름이 시작되기 전에 눈사람들이 돌아올 수 없는 먼 거리에 있었기 때문이다.

  대부분의 눈사람이 궁핍하게 살았지만 소년의 집안 형편은 그나마 나은 편이었다. 소년의 아버지에게는 다른 눈사람보다 더 좋은 물건을 만들 수 있는 탁월한 기술이 있었기 때문이다. 그 때문에 소년의 아버지가 만든 물건은 여름에도 팔렸다. 수염이 덥수룩한 상인 하나가 마차를 끌고 소년의 집으로 찾아와 물건을 구매해 갔다. 그 상인은 눈사람 마을과 인간 마을을 오가는 유일한 인간이다.

  간혹 낯선 상인들이 아버지의 물건을 구입하기 위해 찾아왔지만 아버지는 그들에게는 물건을 팔지 않았다. 거절당한 상인들은 문을 걷어차고 욕을 해대고 돌아갔다. 물건을 많이 팔면 금화를 더 많이 모을 수 있을 것이라고 소년은 생각했지만 아버지는 절대 의지를 굽히지 않았다.

  소년은 그런 아버지를 이해할 수 없어 이유를 물어보았다.

"시장(市場)에는 상도(常道)가 있단다."

"시장이 뭐예요?"

"물건을 사고파는 곳이란다."

"상도는 뭐예요?"

"상인이 취해야 할 도리란다."

"도리는 뭔가요?"

"아빠가 마땅히 행해야 할 바른 마음가짐이란다."

"마땅히 행하는 일이 금화보다 더 중요한 거예요?"

"물론이란다, 도리를 어기면 신뢰를 잃어버리고 결국에는 믿음이 깨지고……."

아버지는 소년이 알아들을 수 없는 이야기를 이어갔다.

시장 얘기로 시작된 대화는 상도, 도리, 마음가짐, 신뢰, 믿음, 이익, 품질로 이어졌고, 소년의 아버지는 그중에서 하나라도 소홀히 하면 파산한다고 했다.

소년은 아버지의 말을 들으면서 시장이라는 곳도 수많은 요소가 톱니바퀴처럼 맞물려 있고, 그 요소들이 시장의 균형을 잡아주는 역할을 한다는 것을 알았다.

소년에게 또 하나의 의문이 싹텄다.

'나를 움직이는 톱니바퀴는 무엇일까?'

고목의 얘기대로 우주를 움직이는 톱니바퀴가 있고, 시장을 움직이는 톱니바퀴가 있다면 분명 나를 움직이는 톱니바퀴도 있을 것이기 때문이다.

소년은 눈과 귀, 팔과 다리 그리고 몸을 생각해내고는 또 무엇이 있는지 생각해보았다.

생각 끝에 소년은 놀라운 사실을 알았다. 눈과 귀, 팔과 다리, 몸에 붙어 있는 온갖 것을 움직이고 있는 것은 바로 마음이었다.

'그래, 나를 움직이는 것은 내 마음이야! 마음속에 있는 다양한 감정이 나를 움직이고 있어. 몸보다 마음이 더 중요해!'

소년은 놀라운 깨달음을 얻은 것처럼 기뻤지만 그 순간 또 다른 의문 하나가 고개를 들었다.

'내 마음을 움직이는 톱니바퀴가 잘못되면 나는 어떻게 될까. 사악한 마음을 움직이는 톱니바퀴가 커지면 나는 괴물이 되겠지?'

소년은 괴물이 된 자신을 떠올려보았다. 등골이 오싹해졌다. 이번에는 선한 마음이 커진 자신을 생각해보았다. 그러자 기분이 좋아지고 행복해졌다. 이번에는 두려운 마음만 품고 있는 자신을 생각해보았다. 용기가 사라지고 세상의 모든 것이 두렵게 보이기 시작했다.

"애야, 무슨 생각을 그렇게 골똘히 하고 있니?"

생각에 잠겨 있는 소년을 지켜보던 아버지가 물었다.

"저도 수많은 톱니바퀴에 의해서 움직이고 있다는 생각이 들었어요."

"톱니바퀴라니?"

소년은 아버지에게 설명을 하자니 너무 복잡하다는 생각이 들어 씨익 웃고 말았다.

소년의 아버지에게는 물건을 만드는 탁월한 기술 외에도 놀라운 능력이 하나 더 있었다. 그것은 겨울이 시작되는 날과 여름이 시작되는 날을 정확하게 알고 있다는 것이다. 아버지가 노트에 기록을 하는 날이면 어김없이 겨울이 시작되고, 두 번째 기록일에는 어김없이 여름이 시작되었다.

겨울의 시작과 여름의 시작을 알고 있는 아버지를 보면서 소년은 생각했다. 어쩌면 아버지가 신인지도 모른다고. 신이 아닌 이상 계절의 시작을 어찌 알겠는가. 그 이후 소년은, 언젠가 아버지가 당신의 정체를 밝히고 태양에 맞서는 비밀을 이야기해줄지도 모른다는 놀라운 상상 속으로 빠져들었다.

겨울이 끝나가고 있는 어느 날 밤, 눈사람 여럿이서 소년의 집을 찾아왔다.

눈사람은 소년의 아버지와 함께 마루에 둘러앉아 소년이 알아들을 수 없는 이야기를 나누기 시작했다. 밤이 깊어갈수록 이야기도 진지해졌다.

소년은 졸린 눈을 비비며 침대에 누워 잠을 청했다. 소년이 막 잠들려는 순간 벽 뒤에서 늙은 눈사람의 목소리가 들려왔다.

"자네 소문 들었나?"

"무슨 소문 말인가?"

"옆 동네에 있는 눈사람이 또 길을 떠났네."

"이번에도 신기루를 좇아간 겐가?"

"비참한 삶을 연명하는 운명을 견디기 힘들었겠지."

"그게 어디 어제 오늘 일인가, 그게 우리의 운명일세."

"어허, 이거야 원. 곧 겨울이 사라지고 온 세상이 열기에 파묻힐 텐데……."

잠시 침묵이 흐른 뒤에 다른 눈사람 목소리가 이어졌다.

"……누가 그를 탓할 수 있겠소."

"그래도 그는 용기 있는 눈사람일세."

"……그건 용기가 아닐세!"

눈사람 하나가 소리쳤다. 잠시 침묵이 흐른 후 다른 눈사람이 혼잣말을 했다.

"……그래, 자살이나 마찬가지야."

"신께서 보살펴주실 걸세."

"신이라니, 신은 눈사람을 겨울 속에 가둬놓은 몹쓸 존재일세!"

그때부터 눈사람들의 언성이 높아지기 시작했다.

"이제 그만들 하시오, 신을 탓해서 무얼하겠소!"

곳곳에서 한숨소리가 터져나왔다.

계속 이어지는 이야기 속에서 소년은 놀라운 사실을 알았다. 할아버지뿐만 아니라 수많은 눈사람이 겨울만 있는 세상을 찾아 눈사람 마을을 떠났고, 그 누구도 돌아오지 못했다는 사실이었다. 그것은 녹아서 물이 되었다는 것을 의미했다.

소년은 아버지에게 들은 겨울의 진실에 관한 이야기를 떠올렸다.

'애야, 눈사람 마을에 겨울이 사라지면 온 세상의 겨울도 사라지고, 눈사람 마을에 여름이 시작되면 온 세상도 여름이란다. 그래서 눈사람은 여름이 시작되기 전에 눈사람 마을로 돌아와야 한단다.'

그랬다. 겨울이 사라지고 온 세상이 여름이 되면 눈사람이 머물 수 있는 곳은 냉기가 있는 집 안뿐이었다.

그제야 소년은 비참한 운명 속에서 살고 있는 눈사람의 실체를 보게 되었고, 계속해서 이어진 눈사람들의 이야기 속에서 놀라운 사실을 알았다. 그 누구도, 심지어는 존경하는 아버지조차도 눈사람의 운명을 바꾸려 하지 않았고, 눈사람의 존재에 대한 진실을 얻고자 하는 아무런 의지도 없이 살고 있다는 것이었다.

'왜 운명에 맞서지 않는 걸까?'

소년은 의문이 들었지만 쏟아지는 졸음을 감당하지 못하고 잠이 들었다.

겨울이 끝나고 여름이 시작되었지만 그때까지도 소년은 지난밤에 들은 충격적인 이야기에서 벗어나지 못했다.

소년이 심각한 표정을 하고 집 안을 어슬렁거리고 있을 때 어디선가 열기가 불어왔다. 소년은 집 안을 둘러보았다.

언덕 쪽으로 난 창문을 가린 커튼이 흔들리고 있었다. 틀어진 창문 틈으로 가시덤불이 비집고 들어온 모양이었다. 집이 낡고 허술하다보니 그런 일은 자주 발생했다. 그럴 때 아버지는 가시덤불을 잘라내고 작은 천 조각으로 어긋난 틈새를 막았다. 어릴 때부터 그 모습을 보아왔기에, 소년은 자신이 해 보기로 마음먹고는, 골방으로 가서 천 조각과 뾰족한 나무 송곳 그리고 가위를 들고 창가로 갔다.

소년은 커튼을 창틀에 고정하고, 빛이 닿지 않게 비켜서서 작업을 시작했다. 우선 가위로 가시덤불을 잘라내고 남은 줄기는 나무 송곳을 이용해서 밖으로 밀어냈다. 그러고는 벌어진 틈새로 천 조각을 밀어넣었다.

작업은 순조롭게 진행되었고 소년은 자신이 해냈다는 생각에 기분이 좋아졌다.

고목 옆에 서 있는 물체 하나가 소년의 눈을 스쳐갔다. 소년은 아이들일 것이라고 생각했다. 섬뜩했던 아이들의 눈빛이 떠올랐다. 하지만 소년은 그때의 나약한 소년이 아니었다.

'이제 너희들 눈빛 정도는 무섭지 않아!'

소년은 갑자기 자신이 건장한 청년이라도 된 것 같았다. 소년은 가슴을 펴고 언덕을 올려다보았다.

고목 옆에 서 있는 것은 아이가 아니었다. 눈사람이었다. 눈을 크게 뜨고 다시 보았지만 분명히 눈사람이었다.

"아버지! 아버지!"

소년은 큰 소리로 아버지를 불렀다.

"얘야, 무슨 일이니?"

소년의 고함에 놀란 아버지가 황급히 달려왔다.

"언덕 위에 눈사람이 있어요!"

그 순간 아버지의 표정이 심각해졌다. 그 표정은 아주 짧고 긴박하게 나타났다가 아버지의 의지에 의해 감춰지듯이 사라졌다.

"……태양의 열기는 가끔 신기루를 만든단다."

아버지는 별일 아니라는 듯이 말했다.

"신기루가 아니에요, 눈사람이에요!"

소년의 말이 끝나기도 전에 눈사람은 사라지고, 그 자리에 열기가 이글거리고 있었다.

아버지가 방에서 나간 후 소년은 고개를 저으며 중얼거렸다.

"그래, 지금은 한여름이야. 저렇게 뜨거운 열기 속에 눈사람이라니. 태양에 맞서고 싶은 내 꿈이 신기루를 만든 거야."

소년은 잠을 청하려 애써보았지만 그럴수록 낮에 본 눈사람의 모습이 더 또렷해졌다. 태양에 맞서고 싶은, 자신의 꿈이 만든 신기루라고 생각했지만, 열기 속에 서 있는 눈사람의 모습을 떨쳐버릴 수 없었다. 소년은 침대에서 빠져나와 창가로 갔다.

소년은 커튼 틈으로 언덕을 올려다보았다. 밤하늘에는 별이 반짝이고 있었고, 고목은 잠이 들었는지 잎사귀조차 흔들리지 않았다.

소년은 고목 뒤로 반짝이는 수천 개의 별 중에 가장 빛나는 별을 바라보며 낮에 본, 열기 속에 서 있는 눈사람을 떠올렸다. 그러자 태양에 맞서려는 자신의 꿈도 이루어질 것 같았다.

"똑똑똑!"

노크 소리가 들렸다. 아버지였다. 아버지의 얼굴에는 근심이 가득했다.

"애야, 낮에 많이 놀랐겠구나?"

소년은 아버지의 마음을 힘들게 한 것 같아 미안했다.

"생각이 많아서 헛것을 본 것 같아요."

"아니다. 네 인생을 책임질 만큼 성장한 너를 아직도 아빠는 어린아이로만 생각하고 있었구나."

잠시 침묵이 흘렀지만 그리 오래가지 않았다. 고목을 올려다보던 아버지가 조심스럽고 진지하게 이야기를 시작했기 때문이다.

"눈사람 마을에는 태곳적부터 전해 내려오는 이야기가 있단다."

"……?"

"아주 먼 옛날, 어느 겨울에 있었던 일이란다. 겨울이 깊어 갈 무렵 갑자기 혹독한 열기가 몰아 닥쳤어. 흰 눈으로 덮여 있는 눈사람 마을은 순식간에 열기에 휩싸이고 눈과 얼음이 전부 녹았지. 그때 수많은 눈사람이 열기를 피하지 못하고 녹아서 물이 되고 말았는데, 열기가 사라진 뒤에 눈사람들 사이에 이글거리는 태양의 열기 속에서 눈사람을 구하는 눈사람 노인을 보았다는 소문이 떠돌았단다."

소년은 낮에 본 눈사람을 떠올렸다. 소년의 마음이 요동치기 시작했지만 마음을 가라앉히고 조용히 아버지의 이야기에 귀를 기울였다.

"이글거리는 열기 속을 휘집고 다니는 눈사람 노인을 보면서 눈사람들은 태양에 맞서는 꿈을 품었고, 그때부터 눈사람 노인을 찾아 다니기 시작했단다. 눈사람 노인한테서 태양에 맞설 수 있는 비밀을 알아낼 수만 있다면 눈사람의 운명을 바꿀 수 있다고 믿었기 때문이야."

소년은 비밀의 상자를 받아든 아이처럼 신이 났지만 아버지는 왠지 착잡해 보였다.

소년이 조심스럽게 입을 열었다.

"눈사람 노인을 찾았어요?"

아버지는 고개를 가로저었다.

어쩌면 인간은 눈사람 노인을 알고 있을지도 모른다고 소년은 생각했다. 그들은 겨울은 물론이고 여름에도 온 세상을 마음대로 돌아다닐 수 있기 때문이다.

"인간은 눈사람 노인을 알고 있지 않을까요?"

"그럴 거라 믿었다. 하지만 눈사람 노인에 관해 물어볼 때마다, 눈사람이 어떻게 열기 속을 활보할 수 있느냐는 소리만 들었단다."

소년은 인간이 거짓말을 하는 것은 아니라고 생각했다. 자신이 생각해도 눈사람이 이글거리는 열기 속을 활보한다는 것은 불가능하기 때문이다.

"그 이야기를 처음 들었을 때 아빠도 희망을 품었고 운명을 바꿀 수 있다고 믿었다. 그러나 열기 속으로 나설 수 없는 현실을 깨닫는 순간 희망은 사라지고 믿음도 깨졌어. 그때 아빠는 눈사람 노인의 실체에 대한 결론을 내렸단다."

"어떤 결론이에요?"

"눈사람 노인은 비참한 운명에서 벗어날 수 있기를 갈망하는 눈사람들의 꿈이 만든 신기루란다."

아버지는 잠시 말을 멈추었다가 다시 이었다.

"……눈사람 노인 덕분에 눈사람들이 태양에 맞서는 꿈을 품게 되었지만, 꿈을 품고 나서부터 눈사람들의 고통은 더 커졌단다. 수많은 눈사람이 눈사람 노인의 신기루를 좇아 열기 속으로 나섰다가 녹아서 물이 되고 말았기 때문이다."

"……아빠."

"……우리는 태양에 맞설 수 없는 운명을 타고났지만, 신기루를 좇아 물이 되는 허황된 삶을 살아서는 안 된다. 생명은 누구에게나 소중한 것이란다. 내 말을 깊이 새겨두거라."

아버지가 방에서 나간 후 소년은 할아버지를 떠올렸다.

'어쩌면 할아버지는 겨울만 있는 세상을 찾아간 것이 아니라 눈사람 노인의 신기루를 좇아간 건지도 몰라.'

소년은 슬퍼졌다. 눈사람의 비참한 운명 때문에 슬펐고, 실현될 수 없는 꿈을 꾸고 있는 자신 때문에 슬펐고, 운명을 받아들일 수밖에 없는 무력함에 슬펐다.

소년은 마음을 추스르고 빛나는 별을 올려다보며 자신의 미래를 생각해보았다.

'내 미래는 어떤 모습일까?'

깊게 생각하지 않아도 단박에 알 수 있었다.

'나도 아버지처럼 여름에는 집 안에서 물건을 만들고, 겨울에는 시장으로 나가 물건을 파는 삶을 살겠지. 그리고……힘들 때마다 눈사람 노인의 신기루를 가슴에 품고 사는 고통스러운 삶을 이어갈 거야.'

소년은 먼 미래를 생각해보았다. 하지만 먼 미래도 마찬가지였다. 바깥에는 태양이 있고, 이글거리는 열기가 있고, 겨울을 벗어난다 해도 여름이 시작되기 전에 눈사람 마을로 돌아와야 하기 때문이다.

더 이상의 미래는 없었다. 새로운 세상을 꿈꿀 수도 없고,

미래를 계획할 수도 없고, 희망이라고는 찾아볼 수 없었다.

'겨울을 벗어나지 않는 한 다른 미래는 존재할 수 없어.'

소년은 겨울을 벗어날 수 있는 방법을 생각하고 또 생각해 보았지만 아무리 생각해도 찾을 수 없었다. 겨울을 벗어나는 것은 곧 죽는다는 것을 의미했기 때문이다.

자신의 미래가 정해져 있는 현실을 깨달은 순간 소년은 참담한 마음을 가눌 수 없었다.

그제야 소년은 눈사람들이 비참한 운명에 맞서지 않는 이유를 알게 되었고, 자신의 미래조차 스스로 개척할 수 없는 눈사람의 운명이 원망스러웠다.

미래를 바꿀 수 없다는 현실을 깨달았을 때 소년은 성큼 자라 있었다. 죽음을 선택하지 않는 이상 눈사람으로 태어난 운명을 받아들여야 한다는 결심도 섰다. 이제는 언덕을 올려다보는 짓도 그만두었고, 깔깔거리는 아이들 웃음소리에도 무관심했다. 오직 기술을 배우는 일에 열중했다.

 이상기온이 발생한 것은 소년이 청년으로 성장하던 어느 해였다. 대지는 흉측하게 갈라지고 강줄기도 바닥을 드러냈다. 고목도 마르기 시작했으며 곡식이 자라야 할 들판에는 붉은 흙먼지만 휘돌았다.

 그해 겨울은 유난히 짧았다. 태양은 한여름처럼 뜨거운 열기를 내뿜고, 눈사람들은 여름에나 사용하는 커튼으로 집 안

으로 스며드는 열기를 막아야 했다. 시련은 그것만이 아니었다. 극성스러운 열기 때문에 시장에 나갈 수도 없었다.

지하동굴에 있는 얼음이 다 녹고, 동굴 밑으로 열기가 내려오기 시작할 무렵, 눈사람 노인을 보았다는 소문이 퍼지기 시작했다. 마을을 떠나는 눈사람도 나타났다. 마을 곳곳에서 한 맺힌 울음소리가 울려 퍼졌다.

청년의 아버지는 여름이 다 지나갈 때까지 침울한 표정으로 언덕만 올려다보았다.

언덕 위에서 뛰노는 아이들을 본 것도 아닌데 청년은 오랜만에 꿈을 꾸었다. 아이들과 함께 빛의 기둥에서 술래잡기를 하는 꿈이었다. 자신은 이미 청년이 되어 있었지만 아이들의 모습은 그대로였다. 그런데도 청년은 아이들을 당해내지 못하고, 빛의 기둥 속으로 떠밀려 들어갔다.

몸이 녹아내리는 순간 청년은 꿈에서 깨어났다.

벽 뒤에서 어머니의 흐느끼는 소리가 들려왔다. 불길한 예감이 뇌리를 스쳐갔다.

청년은 침대에서 빠져나와 커튼을 젖혔다. 흩날리는 눈 사이로, 언덕 위로 올라가고 있는 아버지의 뒷모습이 보였다. 곧 여름이 시작될 터였다. 청년의 머릿속이 하얘졌다.

'아버지…….'

그제야 청년은, 아버지가 비참한 운명에서 벗어나기 위해 일생을 바쳤음에도, 그 모습이 항상 생기에 차 있었음에도, 눈사람의 운명을 이겨내지 못하고 고독한 삶을 이어갔다는 것을 알았다.

'고목아, 네가 아버지를 지켜줘.'

아버지의 모습이 시야에서 사라진 후에야 청년은, 가족을 보호하고 있는 거대한 장벽이 사라졌다는 것을 깨달았다. 그 순간 궁핍한 삶을 이어가고 있는 자신의 미래가 눈앞에 펼쳐졌다. 눈물이 핑 돌았다. 참고 있던 울음이 터졌다.

악몽 같은 겨울이 끝나고 여름이 시작되었지만 아버지는 끝내 돌아오지 않았다. 그러자 실낱 같은 희망의 끈을 잡고 있던 어머니는 혼절했고, 청년도 우울한 마음에서 벗어날 수 없었다.

 청년은 마음을 달래기 위해 집 안 곳곳에 남아 있는 아버지의 흔적을 보면서 아버지를 기억했다. 하지만 그럴수록 아버지의 기억에서 벗어날 수 없었고, 아버지가 다시 돌아올 것 같은 희망을 버릴 수 없었다. 거기다 열기가 이글거리는 언덕 위에서 눈사람 노인의 신기루가 나타났다가 사라지는 불안한 날이 이어졌다.

 어느 날 현실을 직시하고 정신을 차렸을 때 집 안 꼴은 말이 아니었다. 식량창고는 텅 비어 있고, 수많은 가시덤불이 창문 틈새로 비집고 들어와 있었다. 청년은 아버지의 흔적을 마음에 새기고, 눈사람 노인의 신기루를 지우고, 가시덤불을 잘라냈다. 그러고는 집 안을 말끔하게 정리해놓고 겨울이 오기를 기다렸다.

겨울이 시작되는 날 새벽, 동이 트기도 전에 청년은 인간 마을에 있는 시장으로 달려갔다.

청년이 시장에 도착했을 때 이미 많은 눈사람이 일감을 구하기 위해 줄을 서서 기다리고 있었고, 그 행렬은 인간 마을을 벗어나 바위동굴까지 이어졌다. 지난해에 발생한 이상기온의 여파는 눈사람의 삶을 더 힘들게 하고 있었다.

오후가 되어서야 청년도 겨우 허드렛일 하나를 구했다. 일한 대가로 빵 한 조각과 우유 한 통을 받아 어머니 곁으로 돌아왔다.

이튿날도 같은 상황이 벌어졌다. 날이 갈수록 눈사람 간에 경쟁도 심해졌고, 품삯을 터무니없이 싸게 매기는 인간 때문에 눈사람의 삶은 더 찌들어갔다.

두 해가 지나갔다. 열심히 일한 덕분에 식량창고는 다시 채워졌고 물건을 만들 수 있는 은화도 마련했다. 어머니도 예전 모습을 되찾았다. 그사이 청년은 아름다운 눈사람과 결혼해서 자식을 두었고 아버지가 되었다.

눈사람이 만든 물건은, 품질은 물론 마무리도 좋아서 많이 팔렸다. 털보 상인도 다시 찾아왔다. 힘들게 일하고 열심히 노력해도 궁핍한 생활이 이어지고 있었지만 눈사람은 가족과 어머니를 위해 최선을 다했다.

아버지가 그랬던 것처럼 눈사람도 자신의 무릎 위에 자식을 앉혀놓고 아버지에게 들은 얘기를 들려주며 행복한 시간을 보냈다. 그때마다 아무리 힘든 위기가 닥쳐와도 사랑하는 가족을 남겨두고 떠나지 않을 것이라 다짐하고 또 다짐했다.

그해 겨울은 보름이나 일찍 시작되었다. 추위는 혹독했고 눈도 많이 내렸다. 온 세상이 반쯤 눈에 파묻히는 사태까지 벌어졌다.

인간에게는 춥고 긴 겨울을 예고하고 있었지만 눈사람에게는 좋은 징조였다. 길어진 겨울 덕분에 시장에 나가 물건을 팔 수 있는 날이 한 달이나 더 늘어났기 때문이다.

그러나 춥고 긴 겨울은 눈사람이 예상하는 방향으로 움직이지 않았다. 혹독한 추위를 견디지 못하는 인간은 집 안에 틀어박혀 움직이지 않았고, 먼 곳에서 오는 상인들의 발길도 끊어졌다.

인간이 움직이지 않자 일감도 끊어지고, 눈사람의 생계도 막막해졌다. 생계를 위협받게 된 눈사람이 한꺼번에 시장으로 나섰고, 눈사람만 복작거리는 진풍경이 이어졌다. 그 와중에 눈사람끼리 싸우는 일도 발생했다.

인간이 사라진 시장을 보면서 눈사람은 생각했다.

'왜 인간이 시장에 나오지 않는 걸까? 아무리 추워도 먹어야 하고 생필품이 필요할 텐데.'

알고 보니 인간은 혹독한 추위가 닥칠 것을 미리 알고, 식량과 생필품을 구입해서 창고에 쌓아놓았던 것이다.

그해 겨울의 마지막 날, 눈사람은 텅 빈 시장에 홀로 남아 겨울에 일어난 사태에 대해 생각해보고, 두 가지 사실을 알아냈다.

첫째는 눈사람에게 유리할 것 같은 춥고 긴 겨울조차도 눈사람에게 유리한 것이 아니라는 것과, 둘째는 눈사람은 인간에게 의지하여 살고 있다는 사실이었다.

'인간이 없다면 눈사람은 굶어 죽을 거야.'

눈사람은 난생처음 인간에 대해 생각해보았다. 필경 인간은 눈사람에게는 고마운 존재였다. 그들 덕분에 물건을 팔 수 있고, 금화를 벌 수 있기 때문이다. 인간 덕분에 눈사람이 생계라도 유지할 수 있었던 것이다.

여름이 시작되었지만 눈사람은 물건을 만들 수 없었다. 지난겨울과 똑같은 사태가 벌어진다면, 힘들게 만든 물건은 모두 쓸모없어질 것이기 때문이다. 그렇다고 물건을 안 만들 수도 없는 처지였다. 물건을 만들지 않으면 겨울에 시장에 나가 팔 물건이 없기 때문이다. 이럴 수도 저럴 수도 없는 상황에 빠진 눈사람은 난생처음으로 위기에서 살아남을 수 있는 방법에 대해 고민하기 시작했다.

 눈사람은 지난겨울에 일어난 사태에 대해 깊게 생각해보았다. 고민에 고민을 거듭한 끝에 눈사람은 두 가지 중요한 사실을 알았다.

 첫째, 인간에게는 겨울의 움직임을 미리 예측할 수 있는 놀라운 능력이 있다는 것이다. 그래서 혹독한 겨울이 닥칠 것에 대비해서 식량을 창고에 쌓아놓을 수 있었던 것이다.

둘째, 혹독한 겨울은 인간의 활동을 움츠러들게 했다. 그래서 인간이 시장에 나오지 않은 것이며, 먼 곳에서 오는 상인들의 발길도 끊어진 것이다.

이제 눈사람의 생각은 눈사람이 처해 있는 현실을 떠나 더 넓고 깊게 발전했다. 그리고 인간이 어떻게 겨울의 변화를 예측할 수 있을까 하는 것에 의문을 갖기 시작했다. 겨울의 변화를 미리 예측할 수만 있다면 위기를 극복할 수 있을 것 같았기 때문이다. 하지만 신이 아닌 이상 겨울의 변화를 예측한다는 것은 불가능한 일이다.

'어떻게 다가올 겨울을 미리 예측할 수 있을까?'

눈사람의 고민은 깊어갔다.

실의에 빠져 있던 어느 날 어머니가 눈사람을 골방으로 이끌었다. 어머니는 서랍을 열고, 표지에 고목이 그려져 있는 낡은 노트 한 권을 꺼냈다.

"아버지께서 남긴 소중한 유산이란다."

눈사람은 노트를 보는 순간 어린 시절의 기억이 떠올랐다. 아버지가 노트에 기록을 하는 첫째 날이면 겨울이 시작되었

고, 둘째 날에는 여름이 시작되었다.

'그래, 그때 나는 아버지가 계절을 다스리는 신이라고 믿었어. 언젠가 당신의 비밀을 얘기하고, 태양에 맞서는 비밀을 알려줄지도 모른다는 행복한 상상도 했었지.'

노트를 펼쳤다. 한줄 한줄, 한장 한장. 눈사람은 기록을 읽어 내려갈수록 흥분을 억누를 수 없었다. 노트에 겨울의 변화에 대한 내용이 적혀 있었기 때문이다. 눈사람이 세상에 처음 나타난 날부터 아버지가 떠난 날까지 기록되어 있었다.

기록 내용은 놀라웠다. 온 세상이 눈에 파묻혀 인간이 멸종될 지경에 이른 일도 있었고, 혹독한 열기 때문에 눈사람이 죽음의 문턱까지 갔다는 기록도 있었다. 일 년 내내 겨울인 해도, 아예 겨울이 없는 해도 있었다. 가장 긴 겨울, 가장 짧은 겨울, 가장 따스한 겨울, 가장 추운 겨울에 대한 기록도 있었다.

더 놀라운 내용은 날씨가 일정한 주기로 변화되었다는 사실이며, 변화의 주기도 상세하게 기록되어 있었다. 그리고 일 년, 십 년, 백 년 단위로 겨울이 시작되는 날과 끝나는 날이 적혀 있었고, 조상이 경험한 겨울의 다양한 특징에 대한 기록도 있었다.

그뿐만이 아니었다. 겨울의 길고 짧음에 따라 인간들이 필요로 하는 물건과, 판매 수량이 차이가 난다고 적혀 있었다. 물건을 만드는 재료는 물론이고 재료를 구할 수 있는 장소, 제작에 소요되는 시간 등도 세세하게 정리되어 있었다. 타지에서 오는 상인들이 인간 마을에 도착하는 날과 그들이 시장을 떠나는 날도 기록되어 있었다.

그제야 눈사람은 다른 눈사람들보다 장사를 잘한 아버지의 능력이 어디에서 시작되었는지 알게 되었다.

"이 노트가 아버지의 신이었어."

고목 위로 해가 솟아오를 무렵 눈사람은 올겨울에는 지난겨울보다 더 혹독한 추위가 닥친다는 사실을 예측해냈다.

하지만 해결할 수 없는 문제가 있었다. 이번에도 인간이 시장에 나오지 않을 것이기 때문이다.

'올겨울에도 혹독한 추위가 닥친다는 것을 인간은 알고 있을 거야. 시장에서 인간을 기다린다면 지난겨울과 똑같은 사태가 벌어지겠지?'

고민에 고민을 거듭한 끝에 눈사람은 인간이 살고 있는 집으로 물건을 가져다주는, 배달이라는 새로운 판매 방법을 생각해냈다. 그 방법을 실행하기 위해서는 마차가 필요했다. 하지만 눈사람에게는 마차를 만들 수 있는 나무도, 마차를 끌

말을 살 수 있는 금화도 없었다. 눈사람은 하는 수 없이 집 뒤에 붙어 있는 자재창고의 널빤지를 뜯어내서 리어커를 만들고, 물건을 만들었다.

겨울이 시작되는 날 눈사람은 리어커에 물건을 가득 싣고 인간이 살고 있는 집으로 향했다.

눈사람의 예상은 적중했다. 물건은 날개 돋친 듯이 팔려나갔다. 주문도 쇄도해 미처 배달을 하지 못하는 사태까지 벌어졌다. 그러자 인간은 눈사람에게 웃돈을 주고 물건을 요구해 왔다.

그해 겨울, 눈사람은 희망을 보았다. 다른 눈사람보다 앞선 생각을 갖는다면 풍요롭게 살 수 있다는 확신도 섰다. 다행히도 내년에는 올겨울보다 더 춥고 긴 겨울이 돌아오는 해였다. 많은 조건이 눈사람에게 유리하게 흐르고 있었다.

눈사람은 겨울에 벌어들인 금화로 말을 한 필 사고 마차도 만들었다. 신나고 기쁜 마음으로 일하다보니 순식간에 여름이 지나갔다.

첫눈이 쏟아지는 날 눈사람은 마차에 물건을 가득 싣고 말고삐를 당겼다. 힘차게 울어대는 말 울음소리와 함께 마차가 움직였다.

고목을 지나가는 길에 눈사람은 행복한 웃음을 지어 보이며 소리쳤다.

"아, 세상은 아름다워!"

이제 겨울은 눈사람에게 고통을 주는 계절이 아니다. 풍요로운 삶을 제공해주는 고마운 계절이다.

평야를 가로지르는 길에 눈사람은 생각했다.

'어머니를 위해 흔들의자를 장만하자.'

평야 끝으로 바위산이 보였다.

'커다란 창고도 지어야 해. 마차와 말도 더 필요할 거야.'

바위동굴을 빠져나가자 인간 마을이 보였다.

'낡은 지붕도 열기를 막아줄 수 있는 튼튼한 지붕으로 바꿀 거야.'

눈사람은 흥얼거리며 마차를 몰았다.

시장에 도착했을 때 전혀 예상하지 못한 일이 눈사람을 기다리고 있었다. 경쟁자가 나타난 것이다. 그 경쟁자는 지난 겨울에 눈사람이 만든 물건과 똑같이 만든 물건을 반값도 안 되는 가격을 내세워 인간을 공략하고 있었다. 거기다 여러 대의 마차를 앞세워 하루에도 몇 번씩 배달까지 했다.

눈사람은 지난겨울에 거래한 집들을 허겁지겁 찾아 다녔지만 모두 허사였다. 이미 경쟁자가 겨울이 시작되기 전에 집집마다 찾아 다니며 계약을 성사시켜놓았기 때문이다.

집으로 돌아오는 길에 눈사람은 경쟁자를 영원히 이길 수 없다고 확신했다. 그는 여름에도 활동할 수 있는 인간이기 때문이다.

겨울이 끝나고 여름이 시작되었다.

한순간에 모든 것을 잃은 눈사람은 깊은 절망에 빠졌다. 창고에 쌓여 있는 물건은 모두 쓸모없는 상품이 되었고 어머니의 흔들의자도, 큰 창고도, 열기를 막아줄 튼튼한 지붕도 사라졌다.

아버지가 떠난 뒤에 열심히 일해서 정상을 되찾은 것처럼, 다시 시작하면 된다고 다짐하고 또 다짐하면서 애써 위기를 외면했다. 아버지의 노트를 읽고 또 읽으며 온갖 방법을 생각해보았다.

그러나 눈사람이 할 수 있는 일은 아무것도 없었고, 세상을 향한 두려움만 눈덩이처럼 커져갔다.

눈사람은 미래에 대한 두려움과 공포로 주저앉고, 눈사람의 마음을 움직이는 톱니바퀴들이 어긋나고 틀어지며 온갖 감정이 아우성치기 시작했다. 이윽고 다른 감정들이 모두 사라지고 두려움만 가득한 날이 이어졌다.

 두려움에 빠져 지내고 있던 어느 날 언덕 위에 눈사람 노인이 나타났다. 눈사람 노인은, 몹시도 반짝이는 빛의 안내자 같은 모습으로, 눈사람을 향해 손짓했다. 햇빛 가득한 세상으로 나서라고 유혹하고 있었다.

 '그대의 운명은 바꿀 수 있는 것이 아니네, 희망을 품고 미래를 향해 달려보았자 결과는 뻔하네. 그러니 나를 따라 태양 속으로 나서게.'

 거부할 수 없는 매혹적인 유혹이었다. 눈사람은, 모든 고통과 시련을 다 내려놓고 눈사람 노인을 따라가고 싶은 충동에 사로잡혔다.

 눈사람이 문고리를 잡는 순간 자식의 목소리가 들려왔다.

 "아빠!"

 환청인가 싶었다.

 "아빠!"

 다급한 목소리는 끊임없이 이어졌다. 화들짝 놀란 눈사람은 정신을 차리고 주위를 둘러보았다. 자식은 보이지 않고, 뜨거운 문고리를 잡고 있는 자신의 손이 보였다. 황급히 손을 뗐지만 이미 손바닥이 녹은 후였다.

 눈사람은 한 치 앞도 내다볼 수 없는 참담한 기분에 사로잡했지만, 마음을 다잡고 자신의 앞을 가로막고 있는 위기를 직시했다. 더 넓은 생각으로 문제를 들여다본다면 위기를 극복할 수 있을 것 같았다. 그러자 용기가 솟구쳤다. 바로 그 순간 눈사람의 마음이 번쩍 뜨이며 타지에서 온 상인이 한 말이 떠올랐다.

'큰 시장은 놀라운 곳이야!'

거대한 도시에 있다는 큰 시장은 인간 마을에 있는 시장보다 수백 배는 더 넓고, 수많은 상인이 모여든다고 했다.

'그래, 그 시장으로 갈 수만 있다면 창고에 쌓여 있는 물건을 팔 수 있을 거야!'

눈사람은 그 길만이 사랑하는 가족을 위해 자신이 할 수 있는 최선의 선택이며, 위기에서 살아남을 수 있는 마지막 희망이라고 믿었다.

'그래, 인간 마을에 있는 시장은 미련 없이 버리고 새로운 시장을 찾아야 해. 지금 나한테 필요한 것은 새로운 시장이야. 새로운 시장을 개척해야 위기를 기회로 바꿀 수 있어!'

큰 시장으로 간다는 결심이 선 후 눈사람은 큰 시장이 있다는 미지의 도시를 생각해보았다. 그 도시는 눈사람들 중에서 그 누구도 나간 적이 없는 곳이다. 겨울이 끝나기 전에 돌아오기에는 먼 거리에 있었기 때문이다. 여행 중에 길을 잃어버리거나 겨울이 끝나는 날짜에 맞춰 마을로 돌아오지 못하면 죽음으로 내몰릴 것은 불을 보듯 자명할 터였다.

눈사람은 자신이 내린 결정에 대해 다시 한 번 깊게 생각해 보았다.

'한 번도 가보지 못한 미지의 도시를 찾을 수 있을까?'

두려운 마음이 꿈틀거렸다.

'돌아오지 못할 수도 있어.'

의심도 들었다. 그러나 위기 앞에서 결심한 눈사람의 의지는 불안과 의심을 모두 이겨낼 만큼 강했다.

'나는 겨울을 벗어날 수는 없지만 더 넓은 겨울 속으로 나가야 해. 그렇게 한 걸음씩 앞으로 나아가다 보면 내 운명도 바꿀 수 있을 거야.'

눈사람의 마음속에 도사리고 있는 두려움이 사라지고 용기를 움직이는 톱니바퀴가 쿵쾅쿵쾅 돌아가기 시작했다.

눈사람은 자신이 내린 결정을 어머니와 아내에게 알렸다. 어머니는 두려운 기색으로, 시간이 지나면 다시 예전처럼 좋아질 거라고 말했고, 아내는 말없이 눈물만 훔쳤다.

"어머니, 여름이 시작되기 전에 돌아올 수 있습니다."

눈사람은 어머니와 아내를 설득하고, 큰 시장으로 떠나기 위한 여행을 준비했다. 먼저 겨울이 시작되는 날과 끝나는 날을 파악하고, 겨울이 이어지는 날수를 계산했다.

생각지 못한 위기에 대처할 수 있는 방안도 생각해두었다. 만약에 눈사람 마을로 돌아오는 시기를 놓친다면 산골짜기로 들어가 굴을 파고 숨어들 계획도 세웠다.

큰 시장으로 떠나기 전날 밤 아버지와 동업을 했던 털보 할아버지가 찾아왔다. 아마도 어머니가 얘기를 한 듯했다. 그는 이제 노인이 되어 있었다.

"큰 시장으로 떠난다고 들었네."

"예, 할아버지."

"자네가 가는 길은 산세가 험하고 끊임없는 회오리 소리와 산짐승들이 울부짖는 소리가 가득한 곳이네. 그리고 눈사람을 혐오하는 인간을 조심하게. 저 바깥세상은 눈사람을 혐오하는 인간이 득실거리는 곳이네."

털보 할아버지는 눈시울을 붉히고 말을 이어갔다.

"어머니를 위해서라도 꼭 살아서 돌아와야 하네. 남편도 잃었는데, 자식마저 잃는다면 어머니는 살아가실 수 없을 걸세."

털보 할아버지는 안주머니에서 두 가지 물건을 꺼냈다. 두

가지 다 눈사람이 처음 보는 물건이었다. 하나는 둥근 막대에 양피지가 말려 있었고, 또 하나는 둥근 형태인데 윗면에는 유리로 덮여 있고, 유리 안에는 양쪽이 뾰족한 좁고 긴 막대가 숨가쁘게 움직이고 있었다.

털보 할아버지는 먼저 둥근 막대에 감겨 있는 양피지를 펼쳤다.

"이게 무엇입니까?"

눈사람이 물었다.

"지도라는 것이네. 이 지도에는 큰 시장으로 가는 길이 표시되어 있네. 큰 시장까지는 족히 40일은 걸릴 걸세."

털보 할아버지는 이번에는 둥근 물건을 건넸다.

"이건 나침반이네. 이 나침반은 자네가 가야 할 방향을 가리켜줄 걸세. 명심하게, 길을 잃어버리면 이 나침반이 가리키는 곳으로 가야 하네."

털보 할아버지는 지도 보는 법과 나침반 사용법을 알려주고, 잠시 깊은 눈빛으로 눈사람을 바라보다가 혼잣말을 하듯이 중얼거렸다.

"……내가 자네에게 지도를 준 것을 알게 되면 마을 사람들이 나를 죽이려 들겠지만…… 나도 이제 살 만큼은 살았어."

"할아버지를 죽이려 들다니요, 그게 무슨 말입니까?"
눈사람이 물었다.
"아닐세, 내가 괜한 소리를 했네."
내친김에 눈사람은 조심스럽게 눈사람 노인 이야기를 꺼냈다.
"눈사람 노인 이야기는 사실입니까?"
털보 할아버지는 잠시 눈을 감았다가 뜨고는 딴 얘기를 했다.
"인간은⋯⋯ 사악하다네."
그렇게 말하고는 한숨을 내쉬고 말을 이어갔다.
"⋯⋯용기 있는 인간을 만날 수 있는 행운이 자네를 찾아온다면 눈사람 노인의 비밀을 알게 될 걸세. 그리고⋯⋯ 그날이 오면 인간을 용서해주게."
털보 할아버지는 그 말을 남기고 하늘의 보살핌까지 기원하며 문을 나섰다.
'인간의⋯⋯ 무엇을 용서하라는 말인가?'

2부

고목의 나뭇가지에서 겨울의 시작을 알리는 눈송이들이 쏟아져 나오기 시작했다. 흩날리는 눈송이 사이로 반짝이는 별이 보였다.

"고목아, 나를 지켜줘."

눈사람이 고목에게 말했다. 고목이 눈송이를 뿌려주었다.

눈사람은 말고삐를 당겨 힘차게 마차를 몰아, 드넓은 평야를 가로지르고 바위동굴을 빠져나갔다.

좌측으로 흰 눈으로 덮여 있는 산봉우리가 보였다. 인간 마을에 있는 시장에 갈 때도, 이상기온이 발생한 그해 눈사람의 행렬 끝에서 불안한 마음을 추스를 때도 본 산이다. 그때는 그저 겨울 속의 풍경처럼 보였지만, 그 산을 넘어야 하는 지금은 생명을 위협하는 두려운 존재로 다가왔다. 두려움이 꿈틀거렸지만 눈사람은 두려움을 삭이고 말고삐를 당겼다.

거친 산을 통과할 때 회오리 소리와 산짐승들의 울부짖는 소리가 들려왔다. 하지만 눈사람은 공포를 느낄 틈도 없었다. 한시라도 빨리 앞으로 나아가야 했기 때문이다. 이번 겨울을 날짜로 계산하면 90일. 90일 안에 큰 시장을 찾아 물건을 팔고 다시 눈사람 마을로 돌아와야 했다. 털보 할아버지는 큰 시장까지 족히 40일은 걸린다고 했다. 돌아올 때 걸리는 시간까지 계산하면 장사를 할 수 있는 날은 겨우 열흘뿐이다.

눈사람 마을에서는 보지 못한 낯선 풍경들이 나타났다가 순식간에 뒤로 사라지는 날들이 이어졌다.

마을을 떠난 지 30일째 되는 날 눈사람은 흰 눈으로 덮여 있는, 끝없이 펼쳐진 벌판의 초입에 마차를 세웠다. 그동안 쉬지 않고 달려왔기에 말도 지쳐 있고 눈사람도 휴식이 필요했다.

벌판의 우측 끝에는, 눈 속에 파묻혀 있는 작은 마을의 흔적이 있었는데 버려진 종탑 위에는 난생처음 보는 커다란 붉은 새들이 무리 지어 앉아 있었다.

마을 뒤에서 눈먼지가 일어났다. 이윽고 수백 마리의 산양이 모습을 드러냈다. 산양 떼는 벌판을 가로질러 눈 쌓인 계곡 쪽으로 줄 지어 갔고, 산양 떼가 일으킨 거대한 눈먼지가 들판 끝에 있는 얼음산을 가렸다. 눈사람은 잠시 시름을 접고 겨울의 풍경을 즐겼다.

다시 3일이 지난 어느 날 오후 눈사람이 모는 마차는 산속으로 이어진 가파른 빙판길을 오르고 있었다. 주위에는 소나무들이 빽빽하게 들어서 있고, 곳곳에서 나뭇가지가 쌓인 눈의 무게를 이기기 못하고 꺾어지는 소리와 땅으로 떨어지는 눈덩어리의 울림이 들려왔다.

마침내 산 위로 올라섰다. 말도 지쳤는지 가쁜 숨을 몰아쉬며 하얀 김을 내뿜었다. 눈사람은 지도를 펼치고 나침반을 꺼내 들고 주위를 둘러보았다. 눈사람이 가야 할 길은 커다란 바위 옆을 지나 끝이 보이지 않는 드넓은 설원으로 뻗어 있었다.

커다란 바위에 가까워졌을 때 인간의 목소리가 들려오기 시작했다. 곧 사내들의 모습이 나타났다. 어깨에 총을 멘 것을 보면 사냥꾼들 같은데, 껄껄거리며 떠들어대던 그들은 바위 옆 공터에 자리를 잡고, 근처에서 나뭇가지를 끌어다 한곳에 쌓고 불을 붙였다. 이윽고 불길이 치솟았다.

눈사람은 주위를 살펴보았다. 다른 길은 없었다.

'사냥꾼들이 사라지기를 기다릴까?'

하지만 무작정 기다릴 수는 없었다. 눈사람은 시간이 없었다.

'저기서 밤을 새울지도 몰라. 세상의 모든 인간이 다 눈사람을 혐오하는 건 아니야.'

긍정적으로 생각하자 용기가 꿈틀거렸다.

눈사람은 숨을 한 번 내쉬고 말고삐를 당겼다.

바위를 지나치자, 모닥불 가에 앉아 있는 사냥꾼들의 모습이 또렷하게 보이기 시작했다. 그들의 어깨와 허리에는 탄알이 가득한 띠가 늘어져 있었다. 그들은 들뜬 기분으로 사냥에서 얻은 전리품을 자랑하느라 정신이 없었기에, 자신들을 향해 다가오고 있는 눈사람의 마차에는 신경도 쓰지 않았다.

사냥꾼 하나가 일어나서 총을 쏘는 시늉을 하며 허풍을 떨었다.

"자네들, 눈 위로 퍼지는 사슴피를 보았지. 하하하!"

다른 사냥꾼이 말을 받았다.

"그래, 정말 멋졌어, 하지만 내가 잡은 놈이 오늘 잡은 놈들 중에서 가장 클걸!"

피를 토하며 죽어간 사슴에게는 미안하지만 사냥꾼들의 기분이 좋은 것은 다행이라고 눈사람은 생각했다.

눈사람이 공터 옆에 당도했을 때 사냥꾼들 뒤로 사슴이 보였다. 세 마리가 겹겹이 포개져 있었는데 피로 얼룩진 광경은 끔찍했다. 눈사람은 두려운 기색을 감추고 서둘러 마차를 몰았다.

공터를 벗어나려는 순간 나무 뒤에서 시커먼 물체들이 튀어나왔다.

"컹컹컹!"

놀란 말이 앞발을 치켜드는 순간 마차가 요동쳤다. 눈사람은 있는 힘을 다해 말고삐를 당겼지만 말은 진정할 기미를 보이지 않았다.

사냥꾼 중 하나가 쏜살같이 달려와 말고삐를 잡고는, 능숙한 손놀림으로 말의 목덜미와 이마 사이를 부드럽게 쓰다듬었다.

"자, 자. 진정해라 애야."

말을 진정시킨 사냥꾼이 눈사람에게 말했다.

"이제 말이 불안해하지 않을 겁니다."

"애써주셔서 감사합니다."

"자, 이리 와서 술이나 한잔하고 가시오!"

모닥불 가에 서 있는 사냥꾼이 소리쳤다.

"사슴고기도 있답니다!"

다른 사냥꾼도 거들었다.

"정말 멋진 사슴을 잡으셨군요! 제가 본 사슴 중 가장 큰 사슴인 것 같습니다."

눈사람은 환하게 웃으며 말을 받았다.

술이나 한잔하고 가라고 말한 남자가 일어서서 눈사람에게 물었다.

"어디까지 가시오?"

"큰 시장으로 가는 길입니다."

눈사람은 서두르는 듯한 느낌을 주려고 시선을 설원으로 돌렸다. 사실 한시라도 빨리 큰 시장으로 가야 했다. 시간이 없었다.

"큰 시장으로 가신다고요?"

이번에 말을 진정시킨 사냥꾼이 물었다. 그러고는 덧붙였다.

"상인은 때를 잘 잡아야 합니다. 나도 한때 장사를 해봐서 당신의 마음을 잘 압니다."

그는 팔을 뻗어 설원의 끝을 가리켰다.

"저쪽으로 사흘쯤 가면 낡은 오두막이 있는 언덕이 나올 겁니다. 그곳은 상서로운 기운이 머문다고 전해오는 영험한 언덕입니다. 그곳에서 기운을 받은 상인은 갑부가 되고, 결혼을 앞둔 청년은 현명한 신부를 얻고, 늙은이는 평온한 죽음을 맞이할 수 있답니다. 그래서 모든 인간이 영험한 언덕을 지나간답니다."

"과부도 새 신랑을 얻을 수 있답니다!"

뒤에 있는 사냥꾼이 소리쳤다. 모두 한바탕 웃었다.

"놀라운 곳이로군요. 이정표라도 있습니까?"

눈사람이 물었다.

"저절로 알게 될 겁니다. 세상이 변하고 만물이 변해도, 영험한 언덕은 항상 그 모습 그대로 그 자리에 있답니다. 그 언덕을 지나 사흘쯤 가면 큰 시장이 나타날 겁니다."

숲을 빠져나가는 길에 사슴이 아른거렸다. 사슴의 모습이 빨리 사라져주길 바라며 눈사람은 길을 재촉했다.

눈사람은 마차를 세우고 주위를 둘러보았다.

언덕 구석에는 잣나무 대여섯 그루가 서 있었는데 그 크기가 여느 나무와는 비교가 되지 않을 만큼 우람했다. 나무 아래에는 금방이라도 주저앉을 듯한, 낡은 오두막 한 채가 눈 속에 파묻혀 있었다. 벽은 부서졌고 지붕은 주저앉았으며 기둥 곳곳이 썩어 있었다. 그것 말고는 지금까지 지나온 언덕들과 크게 다를 게 없었다.

언덕 위로 오른 눈사람은 잠시 쉬어가기로 하고 마차에서 내렸다.

눈이 그치고 하늘이 밝아지기 시작했다. 하늘에서 밝은 빛이 떨어졌고 눈사람은 흰 눈으로 덮여 있는 언덕을 볼 수 있었다.

낯선 언덕에서 낯선 세상을 바라보고 있자니, 눈사람 마을을 벗어나 낯선 세상을 굽어보고 있다는 현실이 놀라운 기쁨으로 다가왔다.

'갇혀 있는 세상을 벗어난다는 것은 기쁜 일이야.'

머릿속이 밝아졌다. 눈사람은 가슴을 활짝 펴고 새로운 공기, 새로운 향기를 음미했다. 아, 그것은 오묘한 떨림이었다.

눈사람은 앞으로 자신이 헤쳐나가야 할 미지의 겨울을 상상해보았다. 그곳은 설렘과 모험의 땅이었다.

눈사람의 마음은 겨울을 훨훨 날아 겨울의 끝으로 날아갔다. 겨울의 끝은 빛과 희망이 가득한 천국이었다.

'어쩌면 겨울의 끝에는, 겨울을 벗어날 수 있는 비밀의 통로가 있을지도 몰라.'

행복한 상상에 빠져 있자니 갑자기 그곳으로 여행을 떠나고 싶은 생각이 들었다.

'지금은 힘들지만 나도 언젠가는 겨울의 끝으로 여행을 떠날 거야. 여행을 하면서 수많은 존재를 만나고, 그들에게 깨달음을 얻어, 눈사람도 인간처럼 살 수 있는 세상을 만들 거야. 그럼, 우주를 움직이는 톱니바퀴의 비밀도 알 수 있겠지!'

눈사람은 기쁜 마음으로 하늘을 올려다보았다. 구름 한 점 없는 파란 하늘은 막 얼어붙은 살얼음판 같았고, 그 뒤로 반짝이는 빛의 조각들이 물결처럼 흐르고 있었다.

눈사람이 오묘한 풍경에 도취되어 있을 때 어디선가 바람이 불어오기 시작했다. 그런데 이상하게도 주변 어디에서도 눈먼지가 일지 않았고, 잣나무의 바늘 같은 이파리도 움직이지 않았다. 바람은 마치 눈사람이 있는 곳으로만 불어오는 것 같았다.

바람의 방향을 가늠하던 눈사람의 시선이 저절로 하늘 끝으로 향했다. 바람은 하늘에서, 눈사람이 있는 곳으로만 불어오고 있었다.

'어쩌면 사냥꾼들이 말한 상서로운 기운은 하늘 끝에서 오는 바람인지도 몰라. 우주의 바람.'

우주에서 불어오는 바람을 받고 있자니, 자신이 불가능하다고 믿는 꿈이 이루어질 것 같은 좋은 기분이 들었다.

눈사람은 마을을 떠난 지 39일째 되는 날 깊은 골짜기에 이르렀다. 골짜기로 이어진 길 곳곳에는 뾰족한 바위들이 솟아 있었는데, 그 길은 지금까지 지나온 길과는 비교도 되지 않을 만큼 위험해 보였다. 눈사람은 마음을 다잡고 말고삐를 당겼다.

골짜기 끝에서 바람이 일어나기 시작했다. 바람은, 골짜기에 쌓여 있는 눈을 휘돌고는 검은 눈보라로 바뀌면서 골짜기를 집어삼켰다. 눈사람은 한 치 앞도 내다볼수 없는 눈보라에 감금되었다.

바람 소리도 거세졌다. 씽씽거리는 눈보라 속에서 날카로운 음성이 들려왔다.

눈사람의 미래를 경고하는 듯한 그 소리는, 눈사람의 가슴 속에 있는 용기를 한순간에 사그라지게 하기에 충분할 만큼 위협적이었다.

이어 두 번째 소리가 날아왔다.

"정해진 운명에 순종하게. 눈보라를 통과해서 미지의 도시로 간다 해도 그대의 운명을 바꿀 수는 없을 걸세."

이번에는 눈사람의 몸을 눈송이로 조각 낼 것처럼 날카로운 소리였다.

"당신은 누구시오?"

"나는 그대의 두려운 마음을 움직이는 톱니바퀴라네."

그제야 눈사람은 아직도 자신이 두려움에 사로잡혀 있다는 것을 깨달았다. 눈사람은 자신의 운명을 떠올리고, 미지의 도시를 개척하는 것만이 운명을 바꾸는 길이라는 것을 상기했다. 여행을 떠나기 전에 한 결심을 되새기고 나니 두려움이 사라졌다.

"나는 내 운명을 따르지 않겠소!"

눈사람이 소리쳤다.

바로 그 순간 환한 빛이 폭발하더니 한순간에 검은 눈보라가 걷히고 미지의 도시가 내려다보였다.

흰 눈으로 덮여 있는, 지평선 끝까지 뻗어 있는 거대한 도시의 광경이 눈사람은 좀처럼 믿기지 않았다. 넓은 도로가 사방으로 뻗어 있었으며 높고 낮은 건물이 빼곡히 들어차 있었다. 도심 곳곳에 솟아 있는 굴뚝에서는 검은 연기가 피어올랐다.

눈사람은 믿기지 않는 광경을 보고 한편으로 두려웠다. 원하는 대로 미지의 도시를 발견했지만, 어쩌면 검은 눈보라가 전해준 경고처럼 잘못하면 엄청난 대가를 치러야 한다. 눈사람을 혐오하는 인간에게 목숨을 내주어야 할지도 모를 일이다.

눈사람의 마음속에서, 두려움과 용기를 움직이는 두 개의 톱니바퀴가 싸우기 시작했다. 눈보라 속에서 들은 음성이 귓가에 맴돌았다.

'도망갈 시간을 주겠네!'

두려움이 커졌지만 눈사람은 자신의 운명을 생각하고 다시 한 번 다짐을 되새겼다.

'지금 나한테 필요한 것은 새로운 시장이야. 새로운 시장을 개척해야만 위기를 기회로 바꿀 수 있어!'

용기를 움직이는 톱니바퀴가 돌아가기 시작했다.

도로를 지나고 아치형 다리를 건넜다. 곧 큰 시장을 알리는 이정표가 보였다.

마침내 눈사람은 큰 시장으로 들어섰다. 눈발이 흩날리고 있음에도 불구하고 수많은 인간이 어깨를 부딪히며 오가고 있었다. 골목 양쪽으로 늘어선 여러 상점의 진열대에는 향신료, 보석, 등잔, 책이 정갈하게 놓여 있었다. 철물점, 대장간, 마차수리소, 정육점, 포목점도 보였다.

상점들 앞에는 천사 문양이 세밀하게 조각된 마차가 꼬리를 물고 서 있고, 그곳에서 내린 화려한 복장을 한 여인들이 멋진 신사의 손에 이끌려 상점으로 들어갔다.

시장을 헤매고 다닌 끝에 눈사람은 수많은 인간이 북적이고 있는 넓은 광장을 발견했다. 하지만 마차를 세울 만한 장소를 찾을 수 없었다. 힘겹게 상점 앞에 있는 빈 공간을 찾아내서 마차를 세웠지만 상점의 주인이 튀어나와 욕을 해댔다. 다른 곳도 사정은 마찬가지였다.

어둠이 짙게 깔린 후에야 눈사람은 시장 외곽에 있는 비좁은 공간에 마차를 세울 수 있었다. 그사이 눈이 그치고 칼바람이 휘몰아쳤다.

밤이 깊어갈수록 시장은 활기로 넘쳐났다. 상인들은 모닥불 가에 모여 앉아 담배를 나눠 피우며 담소를 나누고, 주점 앞에는 가슴이 훤히 드러나는 옷을 입은 여자들이 술 취한 남자들을 꼬드기고 있었다. 넓은 공터에서 마술쇼가 벌어지고, 노천 극장에서는 연극이 시작되었다. 밤이 깊어가도 사람들은 줄어들지 않았고, 되레 이곳저곳에서 모닥불이 피어올랐다.

그 광경을 지켜보던 눈사람은 시장의 매력에 빠져들었고, 자신한테도 기분 좋은 일이 일어날 것 같은 행복한 마음이 들었다. 눈사람은 마차 안에 누워 바빠질 내일을 생각하며 잠이 들었다.

눈을 떴을 때 푸르스름한 하늘에 새벽별이 빛나고 있었다. 밤새 눈이 내렸는지 흰 눈이 수북이 쌓여 있었다.

 '눈이 내린 것은 좋은 징조야!'

 어둠이 가시지 않은 골목 끝에서, 지붕 너머에서 마차 소리가 들려왔다.

 눈사람은 어제 보아둔 광장으로 가기 위해 힘차게 마차를 몰았다. 한시라도 빨리 물건을 팔기에는 그곳이 가장 적당할 것 같았기 때문이다.

 한 블럭을 벗어나기도 전에 주위가 환해지더니 갑자기 새벽이 밝았다. 마치 어둠이 빛의 조각들을 보듬고 있다가 한꺼번에 쏟아내는 것 같았다.

상점들도 문을 활짝 열었다. 상점의 주인들은 진열대에 놓인 물건을 자식처럼 어루만졌다.

광장에 도착했을 때 이곳저곳에서 물건을 풀고 있는 상인들이 보였다. 눈사람도 빈 공간에 마차를 세우고 서둘러 좌판을 깔았다.

흰 눈으로 덮여 있는 광장 구석에는 날이 밝기 전부터 한 무리의 사내들이 모닥불을 에워싸고 서 있었다. 그들은 한결같이 털모자를 쓰고, 짐승의 가죽으로 만든 외투를 걸치고 있었다. 대부분의 사내들은 몹시도 피곤한 듯 고개를 떨구고 졸고 있었지만 털북숭이 사내는 눈을 부라리고 광장을 살피고 있었다. 그는 눈사람의 마차가 광장으로 들어설 때부터 눈사람을 지켜보고 있었다. 잠시 후 털북숭이 사내가 투덜거렸다.

"새벽부터 불청객이 나타나는 걸 보니 오늘 일진도 사나울 것 같군!"

그 말에 졸고 있던 사내들이 하나 둘 고개를 들었다.

털북숭이 사내가 허리춤에 차고 있던 몽둥이를 빼 들고 말했다.

"자, 어서들 가세. 우두머리가 오기 전에 마무리를 해야지, 안 그러면 우리 모가지가 날아갈 걸세."

털북숭이 사내가 앞장서자 다른 사내들도 몽둥이를 치켜들고 눈사람의 마차로 돌진했다.

마차 옆에 가장 먼저 도착한 털북숭이 사내가 눈사람의 머리를 몽둥이로 후려쳤다. 그것을 신호탄으로 다른 사내들이 좌판에 깔아놓은 물건을 짓밟기 시작했다. 눈사람은 바닥에 고꾸라지고 주변은 순식간에 아수라장으로 변했다.

사내 둘이 널브러져 있는 눈사람을 털북숭이 사내 앞으로 끌고 갔다.

"감히 여기가 어딘 줄 알고 좌판을 까는 거야!"

털북숭이 사내가 고함쳤다. 그제야 눈사람은 무엇인가 잘못되고 있다는 생각이 들었다. 공포가 밀려들었다. 이윽고 끔찍한 소리가 들렸다.

"뜨거운 맛 좀 보여줄까!"

눈사람은 등골이 쭈뼛했다.

"그것 갖고 되겠어, 뼈를 추려야지!"

사내 몇이 눈사람에게 달려들어 온갖 협박과 함께 몽둥이를 휘둘렀다.

잠시 후에 털북숭이 사내가 말했다.

"이 정도면 알아들었을 거야, 봐주자고. 촌뜨기 같아."

그들은 눈사람에게 다시 나타나면 죽여버린다고 협박하고

는 모닥불 가로 돌아갔다.

눈사람은 이것저것 생각할 시간이 없었다. 온전한 물건이라도 챙겨서 이 자리를 빨리 벗어나야 했다. 물건이 망가지면 희망마저 사라질 것 같았다. 엉망이 된 물건을 마차에 싣고 막 출발하려는데 이번에는 털모자를 쓰고 긴 털코트를 걸친 남자가 앞을 막아섰다.

"시장에 있는 땅 한 평, 풀 한 포기도 주인이 있습니다. 조심하십시오."

남자는 안쓰러운 눈길로 잠시 눈사람을 바라보고는 광장을 가로질러 포목 상점의 모퉁이를 돌아 사라졌다.

광장에서 멀어지는 중에도 눈사람은 좌판을 깔 만한 장소를 물색해보았지만 모든 공간이라는 공간에는, 그곳이 아무리 비좁은 공간일지라도 상인들이 차지하고 있었고, 곳곳에 털모자를 쓰고 몽둥이를 든 사내들이 어슬렁거리고 있었다.

광장에서 멀어질수록 인간도 줄어들었다. 어느 순간부터는 인간을 구경하기도 힘들었다. 눈사람은 마음을 다잡았다.

'슬픔에 빠질 필요는 없어. 새로운 세상의 규칙을 배워가는 것뿐이야.'

어젯밤에 묵은 곳에 도착한 눈사람은 기쁜 마음으로 좌판을 깔고 그나마 온전한 물건을 골라서 진열했다. 물건을 다 진열하고 나니 몽둥이로 맞은 곳이 아파오기 시작했다.

물건을 한 개도 팔지 못한 채 하루가 갔다.

이튿날, 시장 안을 기웃거려보았지만 좌판을 깔 만한 장소를 찾을 수 없었다. 눈사람은 하는 수 없이 어젯밤 묵은 자리에 다시 좌판을 펼쳤다. 간혹 지나가는 인간 중에 눈사람의 물건에 관심을 보이는 인간도 있었지만, 아직도 이런 물건이 다 있네, 어머, 신기하기도 해라, 하는 말을 던지고 사라졌다.

열흘이라는 시간은 순간처럼 지나가고, 그사이 물건은 한 개도 팔지 못했다. 이제 내일이면 눈사람 마을로 출발해야 한다.

모닥불이 꺼지고 인적이 끊긴 시각, 눈사람은 지친 몸을 내려놓고 큰 시장에서 겪은 일을 생각해보았다. 눈사람은 큰 시장에 오면 쉽게 물건을 팔 수 있다고 생각한 자신의 판단이 틀렸다는 것과, 자신의 물건은 큰 도시에서는 이미 상품 가치가 없다는 것을 알았다. 눈사람은 시장을 너무 쉽게 생각한 자신을 책망했고, 냉철한 시장이 두려워지기 시작했다.

상념에 잠겨 있던 눈사람은 급기야는 죽음을 담보로 한 위험한 판단을 하기 시작했다.

'돌아갈 때 쉬는 시간을 줄이면 하루는 더 앞당길 수 있을 거야."

겨울이 끝나는 날짜에 맞춰 눈사람 마을로 돌아가지 못하면, 돌아가는 길에 자신이 물이 된다는 사실을 눈사람은 잘 알고 있었다. 그러나 지금은 죽음보다도 자신이 처해 있는 현실이 더 두려웠다.

'그래, 하루만 더 물건을 팔아보자.'

이튿날 인파가 북적대는 곳으로 자리를 옮겼지만 결과는 마찬가지였고, 인근 상점의 주인들에게 몽둥이 세례를 받고 만신창이가 된 채 돌아와야 했다. 그날 이후 위험을 무릅쓰고 닷새를 더 보냈지만 물건은 한 개도 팔지 못했다.

엿새째 날 밤. 헤어날 수 없는 절망에 빠진 눈사람은 어둠에서 빛을 찾는 절실한 마음으로, 그나마 희망을 찾을 수 있는 내일이라는 미래를 떠올려보았다. 마을로 돌아가는 길에 열기를 만나게 되면 물이 되어 사라질 것이지만, 다행히도 눈사람 마을로 무사히 돌아갈 수만 있다면, 허드렛일을 하고 온 가족이 빵 한 조각과 우유 한 잔으로 끼니를 때워야 하는 삶을 살아야 한다. 열심히 일하고 노력해서 예전처럼 정상을 되찾는다면, 여름에는 물건을 만들고 겨울에는 시장에 나가 장사를 하는 삶이 반복될 것이다.

'그 다음에는 무엇이 있을까?'

아무리 생각해보아도 그것이 전부였다. 더 이상은 아무것도 기대할 수 없는 운명이었으며, 자신의 미래는 겨울 속에서 궁핍한 삶을 이어가는 고통이 전부였다.

함박눈이 쏟아지기 시작했다. 눈사람의 상념도 함박눈만큼이나 쏟아졌다.

밤새 눈사람의 마음속에는 두려움을 움직이는 톱니바퀴가 멈추지 않았다.

새벽이 밝아올 때까지 눈사람은 고통과 절망을 끌어안고 사는 미래를 생각하고 있었다.

골목 끝에서 마차 소리가 들려왔다. 눈사람은 정신이 번쩍 들었다.

이미 눈사람 마을로 돌아갈 때를 놓쳤다는 것을 눈사람은 알고 있었지만, 가는 도중에 열기를 만난다 해도 가족의 곁으로 돌아가야 했다.

눈사람은 서둘러 짐을 꾸렸다. 마음이 급해지자 몸도 바빠졌다. 짐을 다 꾸리고 마차에 오르려는데 골목 끝에서 어디서 본 듯한 한 남자가 나타났다.

그 남자는 무릎까지 늘어진 가죽코트를 걸치고 털모자를

쓰고 있었다. 그는 동그랗게 만 서류가 삐져나온 가죽 가방을 어깨에 메고 있었고, 오른손에는 책을 한 권 쥐고 있었다. 그는 눈사람이 광장에서 봉변을 당하던 날 말을 건넨 남자였다.

"늦었지만 그날의 배려에 감사드립니다."

눈사람은 감사를 표했다.

남자가 허리를 굽히고 나서 자신을 소개했다.

"제 이름은 디입니다. 상인이랍니다. 구름산 뒤에 있는 나라에서 왔습니다."

구름산이 어디에 있는지 눈사람은 알 수 없었지만 아주 먼 곳에 있다는 것을 직감했다. 이어진 디의 말에 눈사람은 깜짝 놀랐다.

"보름 전 광장에서 당신을 보고 깜짝 놀랐습니다. 당신은 눈사람 마을에서 큰 시장으로 나온 유일한 눈사람이기 때문입니다."

"저를 아십니까?"

"눈사람 마을 인근에 있는 시장에서 당신을 본 적이 있습니다. 당신이 갖고 있는 물건과 제가 갖고 있는 밀가루를 교환하고 싶어서 이렇게 찾아왔습니다."

세상물정에 누구보다 밝은 상인이 눈사람이 갖고 있는 잘 팔리지 않는 물건과 밀가루를 바꾸자고 제안한 것이다. 눈사람은 디가 돈이 많은 상인이어서 동점심 때문에 도와주려는 아닐까 하는 생각이 문득 들었다.

"제 처지가 어려운 것은 사실이지만 동정심 때문이라면 거절하고 싶습니다."

"하하하, 제가 아직 사람 보는 눈이 흐려지지는 않은 것 같습니다. 스스럼 없이 계약하자고 하셨으면 실망했을 겁니다. 저는 상인입니다. 상인은 동정심으로 거래하지 않습니다."

'동정심이 아니라면 무엇 때문일까?'

눈사람은 자신이 처한 현실을 직시하고 현명하게 판단해서 대답했다.

"동정심 때문이 아니라면 금화와 바꾸었으면 합니다. 저는 금화가 필요합니다."

"밀가루가 금화입니다."

그가 말했다.

"밀가루가 금화라니요?"

"올해 당신이 살고 있는 지역에 혹독한 가뭄이 들 겁니다. 가뭄은 2년이나 이어지고 모든 곡식이 말라 죽을 겁니다. 그렇게 되면 식량이 귀해져서 밀가루 가격이 폭등하게 됩니다. 당신은 밀가루를 팔아 수입을 올릴 수 있고, 올여름에는 식량 걱정 없이 무사히 지낼 수 있습니다."

눈사람의 눈이 휘둥그레졌다. 다가올 겨울이 짧아질 거라는 사실은 알고 있었지만 흉년이 들 거라는 예측은 하지 못했기 때문이다.

"제가 살고 있는 지역의 날씨를 어떻게 그리도 잘 알고 계십니까?"

"시장은 정보의 발원지이자 창고입니다."

눈사람은 그 뜻을 알아들을 수 없었기에 고개를 갸웃했다. 디가 말을 이었다.

"다양한 정보를 시장에서 얻을 수 있다는 말입니다. 상인들은 그 정보를 바탕으로 물건을 사기도 하고 팔기도 합니다. 그뿐만이 아니라 상품이 움직이는 경로도 알 수 있고 세상 도처에 있는 모든 시장의 소식도 알 수 있답니다."

디는 계속해서 시장 이야기를 이어갔다.

"상인들은 풍요를 얻기 위해서 시장으로 몰려듭니다. 그들이 원하는 모든 것이 시장 속에 있기 때문입니다. 하지만 눈에 보이지 않는 검은 권력도 존재합니다. 그날 광장에서 당신이 봉변을 당한 것도 시장을 지배하고 있는 검은 권력 때문입니다. 시장은 온갖 함정이 도사리고 있는 곳이지만 또한 풍요를 얻을 수 있는 기회도 줍니다."

시장에 대한 디의 이야기는 갈수록 복잡해졌지만, 어릴 적

아버지와 나눈 대화를 떠올리자 어렴풋이나마 짐작할 수 있었다. 하지만 이해할 수 없는 것은 그 모든 것을 알고 있는 현명한 상인이 아무도 거들떠보지 않는 자신의 물건을 밀가루와 바꾸자고 제안하는 속내였다.

"그처럼 현명한 상인께서 가치도 없는 제 물건에 관심을 갖는 이유를 알고 싶습니다."

눈사람이 물었다.

"당신의 물건은 오래전에 큰 시장에서 사라졌습니다. 새로운 상품으로 대체되었기 때문입니다. 장작이 기름으로 대체되고, 마차가 자동차로 대체된 것과 같은 이치입니다. 그러나 제가 살고 있는 곳은 변화의 속도가 아주 더딥니다. 그곳에서는 지금도 당신이 만든 물건을 필요로 합니다."

디가 이야기하는 기름이나 자동차가 무엇인지 눈사람은 알 수 없었지만 짐작은 할 수 있었고, 변화의 속도가 더딘 곳에서는 자신이 만든 물건이 필요하다는 말도 이해할 수 있었다.

"제가 이런 제안을 하는 이유는, 저는 눈사람 마을까지 가지 않아도 원하는 물건을 구매할 수 있고, 당신은 당신이 만든 물건을 팔 걱정을 하지 않아도 되기 때문입니다. 당신이 원하는 만큼의 밀가루를 드리겠습니다. 그 대신 앞으로 당신이 만든 물건을 저한테만 넘겨준다는 조건이 있어야 합니다."

디의 이야기를 듣고 있자니 아버지가 했던 말이 떠올랐다.

'시장에는 상도가 있는 법이다. 상도는 약속이고 믿음이란다.'

디가 좀 더 진지한 말투로 입을 열었다.

"물론 당신이 만든 물건을 직접 구름산으로 갖고 가서 팔 수만 있다면 많은 수익을 올릴 수 있습니다. 하지만 당신은 그럴 수 없습니다. 눈사람이기 때문입니다. 구름산에 도착하기도 전에 몸이 녹아내리고 말 것입니다."

디의 말은 모두 사실이었다. 하지만 모든 것이 해결된다 해도 가장 큰 문제가 남아 있었다. 엿새나 지체된 일정이었다. 디는 눈사람의 마음을 훤히 알고 있다는 듯이 말했다.

"당신이 예상한 일정보다 엿새나 지났을 겁니다. 서둘러 눈사람 마을로 길을 잡는다 해도 열기에 노출될 것입니다."

디가 그 사실까지도 알고 있다는 것에 눈사람은 크게 놀랐다. 그러면서도 디가 해결책을 갖고 있기에 동업을 하자고 제안할 수 있다는 생각이 들었다.

"눈사람 마을로 돌아갈 수 있는 방법이 있습니까?"

눈사람이 물었다.

"상인들은 오래전부터 거리를 좁히는 문제를 고심해왔습니다. 거리는 곧 돈과 연결되는 중요한 사안이기 때문입니다."

"거리를 좁힌다는 게 가능한 일입니까? 축지법이라도 알고 계십니까?"

"축지법을 말하는 것이 아닙니다. 시장과 시장 사이를 빠르고 안전하게 이동할 수 있는 길을 알고 있다는 말입니다."

"지름길을 말씀하시는 건가요?"

"그렇습니다. 시장에서 다른 시장으로 이동하는 길은 항상 여러 갈래가 존재합니다. 간혹 외길도 있지만 다행히도 눈사람 마을로 가는 길은 예외입니다. 당신이 어떤 길을 따라 이곳까지 왔는지도 짐작할 수 있습니다. 40일은 족히 걸렸을 겁니다."

눈사람의 놀라움은 감탄으로 이어졌다.

"당신의 능력이 어디까지인지 가늠할 길이 없습니다!"

"과분한 칭찬입니다. 시장의 섭리를 알면 저절로 알게 되는 것들입니다."

눈사람은 생각했다. 디는 놀라운 능력을 소유한 인간이라고. 그리고 분명 전지전능한 신과 같은 능력을 지녔을 것이라고. 그러자 디에게서 환한 광채가 나는 것 같았다.

"당신이 가족 곁으로 돌아갈 수 있도록 열흘을 앞당길 수 있는 지름길을 알려드리겠습니다. 영험한 언덕까지는 왔던

길을 되돌아가십시오. 영험한 언덕을 지나 삼 일을 더 가면 세 갈래 길이 나옵니다. 산속으로 이어진 왼쪽 길은 당신이 온 길입니다. 오른쪽 길은 제가 살고 있는 구름산으로 가는 길입니다. 가운데 길을 따라가다보면 개울이 나옵니다. 그 개울을 따라가면 눈사람 마을 앞에 있는 바위산과 만나게 됩니다. 부디 무사히 돌아갈 수 있기를 기원하겠습니다. 2년 뒤에 이곳에서 다시 만납시다. 내년 겨울에는 당신도 밀가루 장사를 해야 하니까요. 이제 우리는 동업자입니다."

여행에서 돌아온 눈사람은 디가 말한 시장의 이치를 곱씹어보았다. 아직은 그의 이야기를 이해하기 어려웠지만 시장이라는 곳은 놀라운 곳이 분명했다. 그리고 기회의 땅이었다.

눈사람은 디라는 상인에 대해서도 생각해보았다. 그는 눈사람을 인간처럼 대해준 첫 번째 인간이었으며, 눈사람이 만난 인간 중에 가장 좋은 인간이었다. 물론 털보 할아버지도 있지만.

'인간이라고 다 나쁜 것은 아니야.'

눈사람은 미래에는 좋은 일만 벌어질 것 같은 좋은 기분으로 잠이 들었다.

온 세상이 타 들어가기 시작했다. 곡식은 말라 죽고 가시덤불도 왕성한 번식력을 잃었다. 스치는 실바람에도 잎사귀들이 바스락거리는 소리를 내며 부서졌다.

여름이 시작될 무렵부터 수천 명에 이르는 인간이 밤낮으로 평야를 휘젓고 다니기 시작했다. 참혹한 그 광경은 여름이 끝날 때까지 이어졌다. 그러나 혹독한 가뭄이 휩쓸고 지나간 자리에 식량이 될 만한 것은 아무것도 없었다.

겨울이 시작되는 날 눈사람은 마차에 밀가루를 가득 싣고 시장으로 달려갔다.

눈사람이 밀가루를 풀어놓자마자 인간이 구름처럼 몰려들었다. 한 달도 채 지나지 않아 웃돈을 주어도 밀가루를 구입하지 못하는 품귀 현상이 벌어졌고, 다급해진 인간은 눈사람의 집으로 몰려들었다. 그 행렬은 평야를 가로질러 바위동굴을 지나 인간의 마을까지 이어졌다.

그해 겨울이 끝나기도 전에 밀가루가 바닥 났고 눈사람의 골방에는 금화가 가득했다.

눈사람은 커다란 창고를 짓고 마차도 다섯 대나 만들었다. 마차를 끌 튼실한 말도 구했다.

눈사람은 위기에서 구해준 디에게 감사하는 마음으로 정성을 다해 물건을 만들어 창고에 차곡차곡 쌓아놓았다.

겨울이 시작되는 날 눈사람은 마차에 물건을 가득 싣고 큰 시장으로 향했다.

영험한 언덕을 지나 골짜기에 당도했을 때 이번에도 어김없이 시커먼 눈보라가 휘몰아쳤다. 하지만 눈사람은 알고 있었다. 눈보라를 빠져나가면 도시가 있고, 시장이 있다는 것을. 그리고 운명을 바꿀 수 있는 기회가 있다는 것을.

눈사람은 눈보라 속에서 들은 날카로운 음성을 떠올려보았다.

'도망갈 시간을 주겠네!'

눈사람은 갑자기 아찔한 생각이 들었다. 그때 두려움을 이겨내지 못하고 돌아섰다면 어떻게 되었을까. 보나마나 지금쯤 눈사람의 운명을 저주하며 살고 있을 터였다.

디는 큰 시장 입구에서 눈사람을 기다리고 있었다. 눈사람은 그간의 일을 얘기하고 몇 번이고 디에게 고맙다고 말했다.

눈사람은 이제 궁핍한 삶에서 벗어났다.

눈사람은 마음이 해이해지는 것을 막기 위해 큰 시장에 처음 갔던 날의 경험을 가슴에 새기고, 물건을 만들 때는 미래의 변화를 내다보아야 한다는 생각을 잊지 않았다.

눈사람은 디에게 많은 이야기를 들려주었다. 집을 떠난 아버지와 경쟁자에게 시장을 빼앗긴 일, 언덕과 고목, 어릴 때 즐겨 했던 나무 쌓기 놀이……. 그리고 눈사람 마을에 전해 내려오는 눈사람 노인의 전설도 얘기했다. 디는 자신이 살고 있는 구름산과 가족들 이야기를 했고 자신이 경험한 수많은 시장을 이야기했다.

눈사람은 디와 이야기를 나눌 때 가끔은 그가 무엇인가 숨기는 것 같다는 느낌을 받았지만 신경 쓰지 않았다. 시장에서 얻은 중요한 정보는 동업자와도 나누지 않는다는 시장의 습성을 알고 있었기 때문이다. 그를 믿고 그가 말을 꺼낼 때까지 기다리기로 했다.

해가 가고 달이 바뀌었다. 눈사람과 디는 추억을 함께 만들고 미래를 계획하는 사이가 되었으며 수많은 이야기를 주고받았다. 가끔은 인간의 습성에 관한 얘기도 나누었는데, 그때마다 디는 인간을 상대하는 방법을 눈사람에게 알려주었다.

디에게 인간의 속성에 관한 이야기를 들을 때마다 인간은 시장에 있는 상품보다 다양한 감정과, 시장을 움직이는 원리보다 복잡한 구조의 톱니바퀴를 갖고 있다는 것을 눈사람은 알았다. 그후 자신이 상대해야 하는 인간의 특성을 이해해야 한다는 생각에, 시간이 날 때마다 시장을 돌아다녔으며, 인간이 하는 말에 귀를 기울였다.

시장을 움직이고 있는 검은 권력의 횡포도 보았다. 그들은 상인들의 물건 값과 품삯을 옭아매고, 거기에서 발생한 이익으로 자신의 배를 채웠다. 그뿐만이 아니었다. 상인들을 마치 노예처럼 부렸다. 디는 그것도 시장의 속성이라고 설명했고, 검은 권력의 횡포를 막을 수 없다고 했다. 눈사람은 시장에서 검은 권력을 퇴출하면 되지 않느냐고 반문했지만 디는 두려운 눈빛으로 고개를 저었다. 그때 눈사람은 시장의 톱니바퀴를 움직이는 거대한 검은 존재가 있다는 것을 알았다.

시간이 더 흐른 후 눈사람은 시장의 특성을 깨우치고, 세상의 물정도 알았다. 상품이 움직이는 경로는 물론이고, 상품의 가치를 높여 되팔 수 있는 판매 방식도 배우고, 그 방법이 더 좋은 수익을 창출할 수 있다는 사실도 알았다. 그때부터 눈사람은 큰 시장에서 물건을 구입해서 자신의 창고에 보관했다가 인간에게 되파는 상술을 구사했다.

하루가 다르게 눈사람의 금화가 늘어나고, 상품의 주문도 끊이지 않았다. 모든 일이 술술 풀려나가자 눈사람의 마음속에 있는, 두려움을 움직이는 톱니바퀴는 사라진 것 같았고, 용기를 움직이는 톱니바퀴만 존재하는 것 같았다.

눈사람은 일의 효율성을 높이기 위해 창고도 여러 동 더 짓고 눈사람 직원을 고용했다. 그리고 겨울에는 얼음덩어리를 지하동굴에 보관했다가, 눈사람 직원이 여름에도 겨울과 똑같은 환경에서 일할 수 있게 했으며, 여름에는 인간을 고용해서 물건을 팔기 시작했다. 눈사람의 창고에는 금화가 넘쳐났고, 창고를 빠져나가는 마차의 행렬은 눈사람 마을의 새로운 풍경이 되었다.

가족을 위해 우아한 이층집도 지었다. 이층에 오르면 언덕이 훤히 내다보이고, 고목 뒤로 펼쳐진 드넓은 평야와 바위산 아래로 뚫린 바위동굴도 볼 수 있었다.

마차의 행렬이, 이글거리는 열기에 휩싸여 있는 눈사람 마을을 빠져나가 언덕을 가로질러 갔다. 언덕 위에는 온갖 꽃이 피어 있고, 녹색 잎사귀들이 산들바람과 장난을 치고 있었다.

눈사람은 이층 발코니에 놓인 흔들의자에 앉아 흐뭇한 표정으로 그 광경을 내려다보고 있었다.

눈사람은 이제 자신의 운명을 비관하지 않았고, 인간이 부럽지도 않았다. 궁핍한 시절은 이제 추억이 되었다.

눈사람이 행복한 생각에 빠져 있을 때 고목 밑에서 묘한 형상이 하나 나타났다. 그 형상은 몹시도 반짝이고 오묘하기까지 했다.

눈사람은 그 형상이 고목의 잎사귀를 뚫고 나온 햇빛인 줄 알았다. 그러나 그것은 햇빛이 아니었다. 까맣게 잊고 있던 눈사람 노인이었다.

'눈사람 노인이 왜 나타난 걸까?'

아버지가 말씀하기를 눈사람 노인은 비참한 운명에서 벗어나기를 갈망하는 눈사람의 꿈이 만든 신기루라고 했다.

'나는 지금도 비참한 운명에서 벗어나지 못한 걸까?'

눈사람은 이해할 수 없었다. 지금 자신은 그 어느때보다 행복하고 그 어디에서도 비참한 삶의 그늘이라고는 찾아볼 수 없었기 때문이다.

'창고에는 금화가 쌓여 있고, 장밋빛 미래가 펼쳐져 있어.'

그런 생각을 하자 가슴이 뿌듯해지고 더 이상 부러울 게 없었다. 햇빛 아래에 서 있는 눈사람 노인보다 자신이 더 행복하다는 생각이 들었다. 이제는 햇살 따위는 중요하지 않아 보이고, 춥고 냉기가 가득하지만 자신의 집이 더 좋다는 생각이 들었다.

그러나 그 기분은 잠시뿐이었다. 눈사람 노인을 바라보고 있자니 갑자기 눈사람 노인이 자신보다 더 행복해 보이기 시작했다. 눈사람은 왜 그런 생각이 들었는지 골똘히 생각하며 머릿속을 정리해보려고 애썼다.

그때까지 전혀 미동도 하지 않던 눈사람 노인이 산책을 시작했다.

온갖 꽃이 피어 있는 곳에서 멈춘 노인은, 허리를 숙이고는 꽃봉오리에 코를 갖다 대고 무엇인가를 음미하기 시작했다. 노인의 표정은 오묘하고 신비로웠다.

눈사람은 눈사람 노인의 표정에 나타난 감정의 의미를 생각해보았지만 가늠조차 할 수 없어 가슴이 답답해졌다. 그때 어린 시절에 품은 의문이 불현듯 되살아났다.

'햇빛은 따스할까? 뜨거울까?'

그 다음에 품은 의문도 생각났다.

'눈송이보다 부드러울지도 몰라. 햇빛은 만질 수 없으니까.'

어린 시절의 꿈도 되살아났다.

'아빠, 나도 언젠가는 햇살 가득한 세상으로 갈 거예요. 나비들과 함께 춤을 추고, 꽃향기도 맡아보고 싶어요. 아빠, 꽃에서는 어떤 향기가 날까요?'

바로 그 순간 예전에는 느껴보지 못한 감정이 눈사람의 마음을 흔들어대기 시작했다.

그제야 눈사람 노인이 자신보다 더 행복해 보이는 이유를 알게 되었고, 자신이 갖고 있는 금화를 다 투자해도 눈사람 노인처럼 햇빛을 받으며 산책을 즐기고, 꽃향기를 맡을 수 없는 현실을 깨달았다.

눈사람은 자신이 집 안을 겨울과 똑같은 환경으로 꾸며놓고 사는 현실을 보게 되었고, 편안한 곳에서 외부와 격리된 삶을 이어가고 있는 자신의 모습을 보았다.

'나는 가난에서 벗어났지만 꿈을 이루지는 못했어.'

눈사람 노인의 출현으로 요동치던 마음이 진정된 후 눈사람은 고개를 저었다.

'눈사람 노인의 행복이 내 행복이 될 수 없어.'

눈사람은 고개를 끄덕였다.

'각자가 갖고 있는 행복의 본질이 다 같을 수는 없어.'

또 고개를 끄덕이고 자신의 삶을 정당화했다. 하지만 여전히 마음 한구석이 허전한 것은 어쩔 수 없었다.

눈사람은 허전한 마음을 달래기 위해 꿈을 찾아 떠나는 여행을 생각해보았다.

'내가 변화를 꿈꾼다고 해도 변할 수 있는 방법은 없어.'

눈사람은 고개를 저었다.

'나는 겨울을 벗어날 수 없고, 열기를 이겨낼 수 없어.'

또 고개를 저었다.

'그것이 내 운명이다. 운명을 거스를 때 치러야 할 대가는 죽음뿐이다.'

눈사람은 자신의 운명보다 더 큰 욕심을 부려 불행을 자초하지 말자고 다짐했다.

삶에서 정말 중요한 것은 내가 누구인가가 아니라 모든 것을 다 잃고 비참한 삶을 이어가는 것이라고 눈사람은 믿었다.

고목의 나뭇가지에서 첫눈이 쏟아져 나오기 시작했다. 눈사람은 여름 동안 닫혀 있던 창고의 문을 활짝 열고, 큰 시장으로 가기 위해 마차에 올라 말고삐를 당겼다. 수십 대의 마차가 눈사람의 뒤를 따랐다.

눈사람은 이제 겨울의 움직임을 손바닥 들여다보듯이 꿰뚫었다. 산 위에 쌓여 있는 눈덩어리만 보아도, 눈덩어리 밑에 있는 산이 어떻게 변했는지 알 수 있었고, 골짜기에 쌓여 있는 눈을 보면, 지난해 닥친 태풍으로 골짜기의 흙이 얼마나 쓸려 내려갔는지도 가늠할 수 있었다. 몸이 녹아내릴 위험에 빠지는 일도 없었고, 늑대를 막기 위해 모닥불을 피우고 야영을 할 수 있는 담력도 생겼다. 미리 파악해둔 겨울의 주기에 따라 움직이기만 하면 모든 것은 안전했다.

큰 시장에 도착했을 때 믿을 수 없는 광경이 눈사람을 기다리고 있었다. 화려했던 상점들은 버려진 채 방치되어 있었고, 골목을 가득 메우고 있던 좌판도 찾아볼 수 없었다. 상인들의 마차가 즐비하던 광장은 텅 빈 채 흰 눈으로 덮여 있었다.

앞쪽에서 짐을 든 상인이 걸어왔다. 그의 표정은 처참하게 일그러져 있었다.

"어떻게 된 일입니까?"

눈사람이 상인에게 물었다.

"어찌된 영문인지 모르겠습니다, 시장이 사라졌어요."

상인은 그렇게 말하고는 흰 눈으로 덮여 있는 광장을 가로질러 갔다. 만나는 상인들에게 같은 질문을 했지만 똑같은 대답만 돌아왔다.

불안한 마음에 디의 창고로 달려갔지만 디는 보이지 않고, 허물어진 창고만 확인할 수 있었다.

눈사람이 눈사람 마을에서 여름을 보내고 있는 사이에 모든 것은 변해 있었다. 활기 넘치는 시장은 폐허가 되었고, 복작거리던 상인들도 시장을 떠났다. 믿기지 않았지만 현실이었다. 여름 동안 무슨 일이 일어났는지 눈사람은 도무지 가늠할 길이 없었다.

눈사람은 시장을 떠나지 못하고, 시장이 사라진 이유에 대해 생각해보았지만 머릿속만 가시덤불처럼 뒤엉켰다.

눈사람은 다시 디를 만날수 있을까, 사라진 시장에서 또 다른 기회를 잡을 수 있지 않을까 하는 실낱 같은 희망으로 폐허가 된 시장을 유령처럼 떠돌았다. 하지만 보이는 것은 도둑고양이들뿐이고, 들리는 것은 바람 소리뿐이었다.

눈사람은 파산에 직면한 현실을 받아들이고 상인들에게 들은 새로운 시장의 이름을 떠올려보았다.

그러나 상인들에게 들은 시장은 눈사람이 갈 수 없는 먼 거리에 있는 시장들뿐이었다.

불안과 현실이 뒤엉키고 갈피를 잡을 수 없는 지경에 이르러서야, 눈사람은 자신이 배운 시장의 습성은 일부분에 지나지 않는다는 것을 알게 되었고, 닥쳐올 위기에 대처할 수 있는 방안을 계획해놓지 못한 자신이 원망스러웠다. 눈사람은 미래에 대한 불안과, 눈덩이처럼 커져가는, 두려움을 움직이는 톱니바퀴를 끌어안고 큰 시장을 빠져나왔다.

도시를 빠져나오면서 눈사람은 한 치 앞도 내다볼 수 없는 참담한 기분에 사로잡혔다. 더 이상의 희망은 없었다. 이윽고 눈사람의 마음을 움직이는 톱니바퀴들이 어긋나고 이탈하기 시작했다. 겨울 속에 있음에도 이글거리는 열기 속에 있는 것 같았고, 몸이 녹아내리는 것 같은 두려움에 사로잡혔다. 바로 그 순간 눈사람의 두려움은 현실이 되었다. 흰 눈으로 덮여 있는 산과 평야, 숲과 나무들이 순식간에 열기에 휩싸이고, 흰 눈이 녹아내리기 시작했다. 눈사람의 몸도 녹아내리기 시작했다. 그때 이글거리는 열기 속에서 눈사람 노인이 나타났다. 눈사람 노인은, 빛의 안내자 같은 모습으로, 눈사람을 향해 손짓하고 있었다.

'희망은 사라졌네. 이제 나를 따라 태양의 열기 속으로 나서게.'

거부할 수 없는 유혹이었다. 눈사람은, 고통스러운 삶을 다 내려놓고 눈사람 노인이 이끄는 대로 맡겨두었다.

눈사람이 두려움이 만든 환영 속을 헤매고 있을 때, 다행히도 말이라는 놈은 짐승의 본능으로, 익숙한 길을 따라 눈사람을 영험한 언덕으로 이끌었다.

별이 하나 둘 반짝이기 시작할 무렵 영험한 언덕 위에서 빛이 폭발했다. 낡은 오두막, 거대한 잣나무들이 모습을 드러냈다가 이내 사라졌다.

눈사람은 마음을 다잡고 언덕을 올려다보았다.

'상서로운 기운일까?'

눈사람은 상서로운 기운을 받기 위해 인간들이 언덕으로 몰려온다고 했던 사냥꾼의 말을 떠올리고는, 그토록 오랫동안 영험한 언덕을 오갔음에도 그 말을 잊고 있었다는 사실이 놀라움으로 다가왔다.

잠시 후 언덕 위에서 연기가 피어올랐다. 한순간 나타났다가 사라진 빛은 상서로운 기운이 아니었다.

모닥불 근처에 도착했을 때 귀에 익은 목소리가 들려왔다.

"오늘쯤에는 도착할 줄 알았습니다."

디었다.

그의 주변에는 나뭇가지가 쌓여 있고, 야영에 필요한 도구가 여기저기 흩어져 있었다. 그는 오래전부터 눈사람을 기다리고 있었다.

눈사람은 디 앞에 앉았다.

모닥불에서 흘러나온 불빛이 눈사람의 하얀 가슴과 털모자를 쓰고 있는 디의 얼굴 위로 떨어졌다. 바람이 불어와 눈송이들을 흔들고, 모닥불을 흔들고, 흰 눈 위로 늘어진 그림자를 춤추게 했다.

이어진 침묵 속에서 눈사람은 나뭇가지가 타는 소리를 들었다. 언덕에 쌓여 있는 눈의 결정체들이 내는 뽀득이는 소리도, 숲이 노래하는 소리도, 별이 반짝이는 소리도 들을 수 있었다. 그동안 영험한 언덕 위에서 수없이 많은 모닥불을 피우고 야영을 했지만 전에는 들을 수 없는 소리였다.

전에는 보지 못한, 붉은 빛깔로 산화한, 모닥불의 파편들이 먼지가 되어 밤하늘로 날아가는 광경도 보였다. 흩날리는 눈송이에게도 영혼이 있는 것 같았다. 만물의 소리에 귀를 기울이고, 시선을 빼앗기고 있자니 마음이 평온해졌다.

'……지금까지 들을 수 없고 볼 수 없었던 것들이 고통스

러운 삶을 다 내려놓은 지금에서야 들리고 보이는 이유는 무엇 때문일까?'

눈사람은 자문해보았다. 그리고 마음이 왜 이렇게 고요하고 평온한지에 대해서도 생각해보았다. 그에 대한 대답이 절실했지만 만물은 침묵했다.

'……누가, 그 해답을 알고 있을까?'

눈사람의 생각은 깊어지고 침묵은 오랫동안 계속되었다.

디는 모닥불에 있는 재를 걷어내고 나뭇가지 몇 개를 더 넣었다.

불길은 다시 타오르고 침묵은 이어졌다. 눈사람과 디, 눈 쌓인 언덕, 푸른 별빛, 낡은 주전자, 나무 타는 소리, 눈송이들이 속삭이는 소리……. 세상은 숨막힐 듯 평화로웠으며 모든 것은 자연의 일부며 우주의 하모니였다.

이윽고 디가 입을 열었다.

"……당신을 기다린 이유가 있습니다. 당신이 잘못 알고 있는 겨울의 비밀과, 당신에게 알려주어야 할 또 하나의 진실 때문입니다."

디는 사라진 시장에는 관심이 없다는 듯, 파산을 모두 잊었다는 듯이 평온한 표정이었다.

눈사람은 생각했다. 어쩌면 자신이 도착하기 전에 디는 마음을 정리했을지도 모른다고. 지금 파산을 이야기한다는 것은 또 다른 고통일 뿐이라고.

디가 말을 이었다.

"겨울은 사라지는 게 아닙니다."

디의 말은 흩날리는 눈 속에 있는 하나의 눈송이처럼 미약하고, 실바람이 속삭이는 것처럼 희미했다. 눈사람은 다음 이야기가 이어질 때까지 방금 디가 한 말이 얼마나 중요한 이야기인지를 알아채지 못했다.

"겨울은 사라지는 게 아니라 움직이고 있습니다. 눈사람 마을에 겨울이 시작된다고 온 세상이 겨울이 되는 것도 아니고, 여름이 시작된다고 온 세상이 여름이 되는 것도 아닙니다. 눈사람 마을에 겨울이 끝나면 눈사람 마을에 머물고 있던 겨울은 다른 마을로 이동합니다. 그것이 겨울의 진실입니다. 움직이는 겨울을 따라가면 당신이 원하는 곳으로 갈 수 있습니다."

눈사람은 디가 하는 말을 단박에 이해했다고 생각했다. 그래, 겨울은 사라지는 게 아니야. 사라졌다가 다시 나타나는 주기를 반복하고 있어. 열기 가득한 여름이 사라지면 겨울은 다시 나타났으니까.

그러나 겨울이 움직인다는 말은 받아들일 수 없었다. 그런 일은 있을 수 없기 때문이다. 고목이 말했다. 겨울에 꽃을 피우는 일만으로 우주가 혼돈에 빠진다고. 그런데 어떻게 겨울이 움직인다는 말인가?

눈사람은 현명한 상인이고 놀라운 능력을 가진 인간인 디가 거짓을 진실처럼 말하는 것은 자신을 위로하기 위해서라고 생각했다.

"저를 위로하지 않으셔도 됩니다."

눈사람이 말했다.

디의 표정이 흔들렸다.

"위로하는 게 아닙니다. 당신이 겨울이 움직인다는 비밀을 알았다면 우리는 동업자가 되지 못했을 겁니다. 당신은 저에게 물건을 넘겨주지 않았을 것이고, 움직이는 겨울을 좇아 장사하는 쪽을 선택했을 테니까요. 그랬다면 당신은 더 많은 돈을 벌 수 있었습니다. 당신도 알다시피 중간 상인이 없다면 더 많은 수익을 올릴 수 있기 때문입니다."

"설사 겨울이 움직이고 있었다 해도 저는 당신과 동업자가 되었을 겁니다. 당신은 신뢰할 수 있는 인간이기 때문입니다."

"당신을 의심하지 않습니다."

잠시 후에 디가 말을 이었다.

"……당신이 저를 믿는다는 것을 알고 있었음에도 저는 당신에게 겨울의 비밀을 알려주지 않았습니다. 제 가슴속에 사악한 마음이 있기 때문입니다. 그걸 용서받고 싶습니다."

'사악한 마음?'

털보 할아버지가 한 말이 불현듯 떠올랐다.

'인간은 사악하다네.'

그러나 눈사람이 알고 있는 디는 사악한 인간이 아니었다. 그는 신사였고 위대한 상인이었다.

"당신은 사악한 인간이 아닙니다."

"제 말은 아직 안 끝났습니다. 끝까지 듣고 나면 제가 얼마나 사악한 인간인지 알게 될 겁니다. 인간에게는 인간으로 살아가기 위해서 지켜야 할 두 가지의 비밀이 있습니다."

"……?"

"그중 하나는 겨울이 움직인다는 사실을 눈사람들에게 비밀로 하는 것입니다."

"이유가 무엇입니까?"

"눈사람들이 눈사람 마을을 떠나지 못하게 하기 위해서입니다."

"그게 인간에게 무슨 이득이 있습니까?"

"눈사람 마을을 벗어나지 못하는 눈사람은, 한마디로 움직일 수 없는 노예나 마찬가지입니다."

"움직일 수 없는 노예?"

"움직일 수 없는 노예가 선택할 수 있는 것은 아무것도 없습니다. 부당한 거래를 거부할 수도 없고, 그렇다고 눈사람 마을을 벗어날 수도 없습니다. 어쩔 수 없이 생계라도 유지하기 위해서는 자신이 만든 물건을 헐값에라도 팔아야 합니다. 인간은 그걸 이용한 것입니다."

침묵이 흐른 후 디가 입을 열었다.

"……당신도 상인이니 알겠지만 시장은 냉혹합니다. 당신도 큰 시장을 움직이고 있는 검은 권력의 횡포를 보았습니다. 우리는 그들을 검은 권력으로 치부해버리지만 그들은 그것을 시장의 원리라고 주장합니다."

"그건 시장의 원리가 아닙니다. 노동력을 착취하기 위한 술책입니다!"

디는 고개를 숙이고 시선을 모닥불에 고정한 채 침묵했다.

"눈사람의 삶을 옭아매서 풍요를 얻은 인간을 신께서 용서하지 않을 겁니다!"

눈사람의 말이 끝난 후 이어진 침묵은 너무도 깊었다. 나뭇가지 타는 소리도, 별이 반짝이는 소리도, 숲에서 들려오는 노랫소리도 모두 사라진 것 같았다. 오직 감당하기 힘든 상념만이 눈사람의 뇌리를 휘감고 있었다. 침묵이 더 깊어가면서 별보다 많은 생각이 눈사람의 심연에 내려앉았다.

인간은 눈사람이 생각했던 것보다 더 사악한 존재였다. 눈사람은 참담한 마음을 가눌 길 없었지만 슬프지는 않았다. 겨울이 움직이고 있다는 사실 하나로 눈사람들의 운명을 바꿀 수는 없지만, 그래도 지금보다는 더 나은 삶을 영위할 수 있을 것 같았기 때문이다.

눈사람은 생각을 정리하고 입을 열었다.

"겨울의 비밀을 알려준 당신에게 감사드립니다. 그 덕분에 저한테도 희망이라는 게 생겼습니다. 그보다 더 기쁜 것은 새로운 세상을 꿈꿀 수 있다는 것입니다. 제가 알아야 할 두 번째 비밀은 무엇입니까, 그 비밀도 분명히 놀라운 이야기겠죠?"

디는 주위에 쌓여 있는 눈을 한 움큼 집어서 주전자에 넣었다. 지지직거리는 소리와 함께 김이 새어 나왔다.

디가 입을 열고 두 번째 이야기를 이어갔다.

"구름산 뒤에는 넓이를 가늠하기 힘든 웅장한 도시가 하나 있습니다. 인간은 그 도시를 세상의 중심이라고 부릅니다."

"큰 시장이 있는 도시보다 큰가요?"

눈사람이 물었다.

"수백 배는 더 큽니다."

눈사람은 그 크기를 가늠할 수 없었고, 디의 눈빛은 도시에 잠겨 있었다.

"당신도 그 도시를 보았군요."

"예, 정말 놀라운 광경이었습니다. 지평선까지 펼쳐져 있는 도시에는 자동차가 넘쳐나고, 뱀을 닮은 긴 쇳덩어리가 검은 연기를 내뿜고 달리고 있습니다. 저도 한때 그 도시에서 거상이 되고 싶은 꿈을 키웠습니다. 그때 저는 모험을 좋아했고, 두려움을 모르는 패기 있는 젊은이였습니다. 하지만 거상이 될 재목이 아니라는 것을 깨닫고 세상의 중심을 떠났습니다."

"디, 지금도 늦지 않았습니다. 당신은 제가 만난 상인 중에 최고입니다."

디는 소중한 무엇인가를 잃어버린 사람처럼 아쉬움을 감추지 못했다. 그는 씁쓸한 미소를 지어 보인 후 이야기를 이어 갔다.

"그 도시에는 거대한 저택이 있습니다. 태양 문양이 조각되어 있는 대문으로 들어서면 드넓은 정원이 나타납니다. 정원 주위에는 신전을 닮은 건물이 수십 채 들어서 있고 수많은 연못과 오색 무지개가 피어 있는 산책로가 있습니다. 그중에서도 가장 멋진 장관은 열두 개의 거대한 조각상이 에워싸고 있는 광장입니다. 저택의 주인은 그 광장에 산해진미가 그득한 식탁을 차려놓고 세상의 모든 상인에게 개방합니다. 상인들은 그 광장에서 마음껏 요리를 즐기고 토론을 벌이며 온갖 정보를 공유합니다. 그러다보니 광장에는 항상 내로라하는 상인들이 몰려들고 시장의 정보가 넘쳐납니다."

"놀라운 곳이로군요. 저도 꼭 가보고 싶습니다."

"상인이라면 누구나 한 번은 가야 할 곳입니다."

"저택의 주인은 누구입니까?"

"세상에서 제일가는 갑부입니다. 그 갑부는 존경받는 상인이자, 인간들이 되고 싶어 하는 꿈같은 존재입니다. 그런 이유로 인간들은 그를 꿈이라고 부르고, 어떤 인간들은 희망이라고 합니다. 그 갑부가 인간으로 살아가기 위해서 지켜야 할 두 번째 비밀입니다."

"그처럼 훌륭한 인간을 왜 숨겨야 하는 것입니까?"

"인간이 아니기 때문입니다."

"인간이 아니라니요?"

"그는 눈사람 노인입니다."

"예!"

눈사람은 숨이 턱 막혔다. 디가 말을 이어갔다.

"눈사람 노인이 어디에서 왔는지 누구도 모릅니다. 떠도는 소문에 따르면 아주 오래전에 세상의 중심에 있는 시장에서 장사를 하다 파산한 후 세상의 중심을 떠났다는 것뿐입니다."

"그후 어떻게 되었습니까?"

"세상을 떠돌며 장사를 하고 있다는 풍문이 돌았습니다. 세월이 흐른 뒤에 세상에 있는 모든 시장을 장악한 눈사람 노인은 세상의 중심에 있는 바닷가 절벽 위에 저택을 짓고, 시장에서 얻은 진리가 새겨진 거대한 석판 하나를 저택 앞에 세워놓고 다시 여행을 떠났습니다. 들리는 소문에 따르면 그 이후 한 번도 저택에 온 적도 없고, 만난 이도 없다고 합니다."

"무엇을 찾아 다니기에 그토록 오랫동안 여행을 한단 말입니까?"

"혹자는 우주의 진리를 찾아 떠돈다고 하고, 어떤 이는 만물의 본질을 깨우치기 위한 수행이라고도 합니다. 또 어떤 이는 영혼을 찾아 떠돈다고도 합니다. 그런 이유로 눈사람 노인은 존재하지 않는 허상이라는 말이 떠돌고, 저택의 주인이 명성을 얻기 위한 술책으로 만든 가상의 인물이라고도 합니다. 그런데도 수많은 인간과 상인들이 눈사람 노인의 저택으로 몰려듭니다. 그곳에 가면 풍요를 얻을 수 있는 비책이 있다고 믿기 때문입니다."

"비책이라니요?"

"눈사람 노인이 여행을 떠나기 전에 석판에 새겨놓은 글 때문입니다."

"어떤 글이 써 있길래 그곳으로 인간이 모여든다는 겁니까?"

"상품의 움직임을 읽는 자는 파산할 것이며, 시장의 움직임을 읽는 자는 풍요를 얻으리라."

"……이해하기 어렵습니다."

"저도 그 글을 처음 보았을 때 그 뜻을 이해할 수 없었습니다. 수많은 시장을 돌아다녔지만 움직이는 시장을 본 적이 없기 때문입니다. 하지만 지금은 그 뜻을 알 수 있을 것 같습니다. 우리가 큰 시장에서 파산한 이유도 시장의 움직임을 읽지 못했기 때문입니다."

"시장을 움직인 것이 무엇입니까?"

"고객의 새로운 욕구입니다."

"새로운 욕구?"

"고객의 새로운 욕구는 고객의 발길을 새로운 시장으로 향하게 만들었고, 고객의 욕구를 읽지 못한 시장은 도태된 것입니다. 앞선 생각을 가진 상인들은 이미 고객의 욕구 변화를 예측하고 그에 맞는 상품을 개발해서 새로운 시장으로 이동했습니다. 우리는 고객의 욕구가 변하고 있는 것을 알아채지 못했고, 시장의 변화도 내다보지 못했습니다. 지금에야 그 사실을 알게 되었지만 또한 너무 늦었다는 것도 알았습니다."

"눈사람 노인의 존재를 숨긴 이유를 듣고 싶습니다, 왜 모든 인간이 눈사람 노인의 존재를 숨겨야 한 것입니까?"

"눈사람 노인이 세상에 처음 나타났을 때만 해도 인간은 눈사람 노인을 쉽게 생각했습니다. 그는 그저 움직이는 겨울을 따라다니며 장사를 할 수밖에 없는 눈사람이었기 때문입니다. 그러나 인간의 예상은 빗나갔습니다. 눈사람 노인은 겨울뿐만 아니라 한여름에도 나타났습니다. 그리고 세상에 있는 시장을 하나씩 장악하기 시작했습니다. 그 시절에는 어떤 인간도 눈사람 노인을 대적할 수 없었습니다. 그때부터 인간은 눈사람을 두려워하기 시작했고, 다른 눈사람이 눈사람 노인의 존재를 알게 되는 날에는 세상에 있는 모든 시장과, 재물과, 권력이 눈사람 차지가 될 것을 두려워하게 되었습니다. 마침내 인간은 눈사람 노인의 존재를 눈사람이 알지 못하게 하는 꾀를 생각해냈습니다. 그때 인간으로 살기 위해 지켜야 할 두 번째 비밀이 만들어졌습니다."

"눈사람 노인의 존재를 알았다 해도 눈사람은 어쩔 수 없었을 겁니다. 겨울을 따라 움직일 수밖에 없는 환경에서는 결코 인간을 앞설 수 없습니다."

"인간이 정말 두려워하는 것은 눈사람 노인만 알고 있는, 태양에 맞서는 방법을 세상의 모든 눈사람이 알게 되는 것입니다. 그렇게 되면 눈사람들이 태양 속을 활보하게 되고 결국에는 인간 위에 군림할 것입니다. 인간은 지금도 태양에 맞서는 방법을 알아내기 위해 애쓰고 있습니다."

"여름과 겨울을 마음대로 넘나들 수 있는 인간에게 태양에 맞서는 방법이 왜 필요합니까?"

"그 방법을 알아야만 눈사람이 태양에 맞서는 것을 막을 수 있기 때문입니다."

인간의 욕심이 어디까지인지 눈사람은 가늠할 수 없었다. 눈사람을 눈사람 마을에 가둔 것도 부족해서 태양에 맞서는 것조차 막으려 하다니.

눈사람은, 아버지가 말한 태양보다 무서운 존재를 이제는 알 것 같았다. 그것은 인간이었다.

눈이 쏟아지기 시작했다. 디는 자신의 임무를 다한 병사처럼 짐을 꾸리기 시작했다.

"어디로 가십니까?"

눈사람이 물었다.

"집으로 돌아가려 합니다. 지금부터라도 그동안 가족에게 주지 못한 아쉬운 일들을 시작하려 합니다. 상인이 된 후, 거상이 되는 꿈을 가슴에 품고 마음껏 세상을 돌아다녔습니다. 늦지 않았다면 지금이라도 아쉬운 것들을 붙잡고 싶습니다."

디의 눈빛은 행복해 보였다.

"디, 당신이 하고자 하는 일은 아직 늦지 않았습니다. 다시 만날 수 있는 그날을 기다리겠습니다."

"살아남을 수 있다면 당신을 찾아가겠습니다."

"그게 무슨 말입니까?"

"제가 겨울의 비밀과 눈사람 노인의 비밀을 털어놓은 첫 번째 인간입니다. 이 사실이 알려지면 인간이 나를 죽이려 들겠지만 후회는 없습니다."

"디…… 당신은 제가 만난 인간 중 가장 위대한 인간입니다."

디는 한동안 눈사람을 바라보고는 마지막 말을 남기고 언덕을 떠났다.

"……당신이 움직이는 겨울을 좇아 눈사람 노인을 만나기 위해 길을 떠난다면 이것만은 잊지 말아야 합니다. 세상에는 눈사람 노인을 존경하는 인간도 있지만, 눈사람 노인을 시기하는 인간도 있다는 것을. 눈사람 노인을 시기하는 인간을 만나면 당신은 살아남을 수 없습니다."

언덕을 내려가는 디의 뒷모습을 보면서 눈사람은 그와 나눈 대화를 곱씹어보고, 겨울과 눈사람 노인이 거짓에 가려져 있듯이 지금까지 자신이 믿고 있는 진실, 열기, 태양, 눈사람의 운명 속에도 비밀이 숨겨져 있을지 모른다는 생각이 들었다.

그 생각은 눈사람을 놀라운 의문 속으로 빠져들게 했다.

'내가 믿고 있는 모든 진실이 거짓일 수 있어. 나는 왜 지금까지 내가 믿고 있는 것들이 진실이 아닐지도 모른다고 한 번도 의심하지 않았을까?'

그 의문은, 세상의 모든 것이 다 거짓에 가려져 있을지도 모른다는 믿음을 이끌어냈다.

우주에서 바람이 불어오기 시작했다. 우주에서 불어오는 바람을 받고 있자니, 눈사람은 자신이 해야 할 일을 알 것 같았다. 그것은 자신이 품고 있는 모든 의문에 대한 답을 알고 있는 존재, 태양에 맞서는 비밀을 알고 있는 존재, 눈사람 노인을 만나는 것이었다. 눈사람 노인은 겨울을 벗어나 태양에 맞선 유일한 눈사람이기 때문이다.

'태양에 맞서는 꿈을 이루기 위해서는 눈사람 노인을 만나야 해!'

눈사람 노인을 생각하다보니 자신이 어릴 적부터 본 눈사람 노인이 떠올랐다.

'눈사람 노인이 저택의 주인이라면, 왜 눈사람 앞에 나서지 않고 사라진 걸까? 왜 눈사람에게 태양에 맞서는 비밀을 알려주지 않은 걸까? 궁핍한 삶을 이어가고 있는 눈사람의 사정을 다 알고 있었을 텐데.'

의문은 꼬리를 물고 이어졌다.

'여름과 겨울을 오갈 수 있는 인간은 왜 눈사람 노인을 만나지 못한 걸까?'

모닥불이 꺼지고 눈이 쌓이기 시작했다. 이윽고 온 세상이 눈에 파묻혔다.

'도대체 눈사람 노인의 정체가 뭘까?'

집으로 돌아온 눈사람은 창고에 쌓여 있는 물건을 헐값에 팔고 창고도 처분했다. 금화는 아내에게 주었다. 아버지의 노트는 다시 책상 서랍 속에 넣었다.

거울을 따라가다보면 미지의 세상을 만나고, 때로는 놀라운 세상에 기뻐할 것이다. 사악한 인간과 맞닥뜨릴 것이며 예기치 못한 위험에 빠질 터였다. 하지만 눈사람은 두렵지 않았다. 오히려 행복했다. 눈사람 노인을 만나는 날 지금까지 믿고 있던 진실의 실체가 밝혀질 터였기 때문이다.

고목 뒤로 어슴푸레한 빛이 비쳐오기 시작했다. 눈사람은 겨울이 움직이기 시작했다는 것을 느낄 수 있었다. 대기 중에 열기가 섞여 있었기 때문이다.

눈사람은 잠든 어머니, 아내, 자식을 둘러보고 마차를 몰아 언덕으로 올라갔다.

'눈사람 노인을 찾을 수 있을까?'

고목을 올려다보며 마음으로 말했다.

'너는 이미 눈사람 노인을 만나고 있어.'

고목의 울림이 들려왔다.

'너는 언제나 우주의 톱니바퀴 같은 어려운 얘기만 하는구나.'

'네가 돌아오는 날 내 말의 뜻을 이해할 수 있을 거야.'

'……돌아오지 못할 수도 있어.'

'모든 것은 네 마음을 움직이는 톱니바퀴에 달렸어. 용기를 품으면 두려움이 사라지고, 두려움을 품으면 용기가 사라진단다.'

'용기와 두려움의 문제가 아니야. 이 여정은 삶과 죽음의 문제라고.'

'물론 삶과 죽음도 중요하지만 그보다 더 중요한 게 뭔지 알아?'

'그보다 중요한 건 없어.'

'왜, 없어. 드디어 네가 운명을 바꿀 수 있는 기회를 잡았는데.'

'운명?'

'그래, 운명!'

'내 운명을 바꾸기 위해서는 겨울을 벗어나야 해. 이번 여정은 겨울을 벗어나는 것이 아니야, 단지 좀 더 넓은 겨울로 나가는 것뿐이라고.'

'그렇게 한 걸음씩 앞으로 가다보면 겨울의 끝까지 갈 수 있을 거야. 겨울의 끝에는 겨울을 벗어날 수 있는 비밀통로가 있을지도 몰라.'

눈사람은 화들짝 놀랐다. 방금 고목이 한 얘기는 자신이 영험한 언덕에 처음 갔을 때 품은 마음이기 때문이다.

'네가 내 마음을 어떻게 알았어?'

'바람이 알려주었어. 나는 온 세상을 돌아다니는 바람에게 세상의 소식을 듣거든.'

'그럼 눈사람 노인이 어디에 있는지 알고 있겠네?'

'그건 나도 알 수 없어.'

'겨울의 끝이 어디에 있는지도 몰라?'

'그것도 몰라.'

'바람에게 세상의 소식을 듣는다는 건 거짓말이구나?'

'사실이야, 하지만 세상의 모든 바람도 눈사람 노인을 본 적이 없고, 겨울의 끝에 가본 적이 없다고 했어.'

눈사람의 표정이 시무룩해졌다. 고목이 잎사귀를 흔들며 말을 걸어왔다.

'실망하지 마, 커크. 바람이 전하는 말이 다 진실은 아니야.'

'나를 위로할 필요 없어. 내가 불안해하는 건, 바람이 눈사람 노인을 보지 못했듯이 인간도 눈사람 노인을 만난 적이 없기 때문이야. 눈사람 노인은…… 정말 신기루인지도 몰라.'

'커크, 진실을 알기 전에 두려움을 품으면, 이룰 수 있는 꿈도 불가능하다고 믿는 마음을 품게 된단다.'

'왜 그런 바보 같은 마음을 품게 되는 거야?'

'마음을 움직이는 온갖 감정도 우주를 움직이고 있는 톱니바퀴를 닮았기 때문이야.'

'알아듣게 설명해봐?'

'그건 내가 알려줄 수 있는 게 아니야, 스스로 깨달아야 해. 잘 다녀와. 기다리고 있을게.'

마차가 평야의 끝으로 사라진 후, 눈사람 마을에 여름이 찾아왔다. 가시덤불도 무성하게 자라기 시작했다.

3부

움직이는 겨울을 따라 눈사람은 이 마을에서 저 마을로, 이 시장에서 저 시장으로 이동했다. 시간이 흐른 후에는 복장만 보아도 어느 마을에서 온 상인인지 가늠할 수 있었고, 눈빛만 보아도 상대방의 마음을 읽을 수 있었다.

새로운 시장에 도착하면 눈사람은 가장 먼저 물건을 팔기 적당한 장소를 찾아 좌판을 깔고, 상품을 보기 좋게 진열했다. 좌판이 정리되고 나면 시장을 오가는 상인을 상대로 눈사람 노인의 행방을 수소문했다.

생각보다 많은 상인이 눈사람 노인이 있는 곳을 얘기했지만, 장소는 다 달랐다. 어떤 상인은 서쪽 사막에서, 어떤 상인은 동쪽 끝에 있는 얼음 나라에서, 혹은 북쪽에 있는 늪지대나 남쪽에 있는 뜨거운 해변에서 눈사람 노인을 보았다고 했다. 하지만 상인들이 하는 말과 사실이 다르다는 것을 눈사람은 느낄 수 있었다. 그들은 눈사람 노인을 보거나 만나지 못했음에도 만났다고 허세를 부렸고, 심지어는 눈사람 노인과 함께 여행을 했다고 거짓말을 늘어놓는 상인들도 있었다.

수많은 상인을 대하면서 눈사람이 알게 된 것은, 디의 말대로 많은 상인이 눈사람 노인을 존경하고, 노인과 함께하고 싶어 한다는 것이었다. 그러나 눈사람 노인을 시기하거나 그의 존재 자체를 믿지 않는 상인들도 있었다. 눈사람은 눈사람 노인이 있는 곳의 정확한 위치와 존재의 진위를 알기 위해서는 세상의 중심에 있는, 노인의 저택으로 가야 한다고 생각했다.

시장의 풍경이 달라지기 시작했다. 상인들의 옷차림이 가벼워지고, 꽃을 파는 상인이 나타났다. 제철 과일을 가득 실은 마차도 보였다. 눈사람은 머물고 있는 시장을 떠나 다른 시장으로 이동할 준비를 해야 할 때라는 것을 직감했다.

며칠 후부터 대기 중에서 열기가 감지되고 시장에 머물고 있는 겨울이 이동하기 시작했다. 눈사람도 겨울을 따라 세상의 중심으로 향했다.

시장에서 다른 시장으로 이동하는 기간은 짧게는 한 달, 길게는 몇 달씩 걸렸다. 때로는 꽁꽁 얼어붙은 호수를 건너고,

깎아지른 듯한 빙벽을 우회해야 했다. 어떤 때는 기괴한 빙벽에 가로막혀 돌아서야 했고, 폭설이 쏟아지는 협곡에서 길을 잃었다.

눈사람은 낯선 시장에 도착해서 물건을 팔고, 거기에서 생긴 차익으로 다른 물건을 구입했다. 다른 시장에서 팔 수 있는 희귀한 물건을 세심하게 선택하고, 마차에 실을 수 있는 적당한 양을 구입했다. 팔고, 사고, 다시 되파는 과정에서 수익이 생겼다.

시장을 옮겨 다니면서 알게 된 사실이지만 작은 시장의 상인들은 텃새가 심했다. 어떤 때는 시장 입구에서 쫓겨나는 일도 있었다.

규모가 있는 시장은 여러 면에서 좋았다. 상인들의 텃새가 없는 것은 아니지만, 시장을 관리하는 책임자에게 자릿세를 지급하고 원하는 장소를 제공받을 수 있었기 때문이다. 그래도 텃새를 부리면 마차에 실려 있는 희귀한 물건을 내보이면, 책임자도 어쩔 수 없이 눈사람에게 좋은 자리를 내주었다. 그는 희귀한 상품이 고객을 끌어들일 수 있다는, 시장의 섭리를 간파한 집단에 속해 있었기 때문이다.

눈보라를 뚫고 언덕 위로 올라섰을 때 사금을 뿌려놓은 것 같은 눈부신 벌판이 나타났다. 눈사람은 잠시 쉬어가기로 하고 마차를 세웠다.

토끼와 산양, 여우와 곰이 아무런 의심 없이 다가와 눈사람 주위에 머물렀다. 눈사람도 산양이 되고, 토끼가 되고, 여우가 되고, 곰이 되었다. 산짐승들과 하나가 되는 순간 눈사람은 오묘한 소리를 들었다.

"샤르릉, 샤르릉, 샤르릉……."

숲 속의 요정들이 말을 걸어오는 것 같은 그 소리는 언덕 아래로 이어진, 벌판 끝에 있는 숲에서 날아오고 있었다.

"샤르릉, 샤르릉……."

눈사람은 소리에 이끌려 벌판 끝으로 마차를 몰았다.

숲을 빠져나가자 드넓은 얼음정원이 보였다. 얼음정원에 있는 온갖 종류의 나무와 꽃, 가로등, 벤치, 심지어 바닥에 깐 판석까지도 얼음으로 조각되어 있었다.

"샤르릉, 샤르릉, 샤르릉……."

샤르릉 소리는 얼음 조각이 서로 부딪칠 때 나는 소리였다. 끊임없이 이어지는 그 소리는 겨울의 떨림이 주는 음파였고, 천상의 협주곡이며, 태초의 음악이었다.

정원 뒤로 마을이 보였다. 눈사람은 그 마을에도 시장이 있을 것이라고 생각하고 그쪽으로 마차를 몰았다.

마을 입구에는 화려한 색으로 치장한 인간이 늘어서 있었는데, 곧 축제가 시작될 것 같은 분위기였다. 어떤 이는 묘하게 생긴 가면을 쓰고 있었고, 꼬깔모자를 쓴 인간도 있었다. 형형색색의 천 조각으로 머리를 장식한 인간과 코 끝과 볼 그리고 입 주위를 붉게 색칠한 인간도 있었다.

"마을에 축제라도 있습니까?"

눈사람이 물었다.

"아닙니다, 우리 마을을 찾아오시는 손님을 맞이하는 의식이랍니다. 샤르릉 마을에 오신 걸 환영합니다!"

눈사람은 자신을 상인이라고 소개했다. 가면을 쓴 사람이 앞으로 나섰다.

"저를 따라오십시오. 시장으로 안내하겠습니다."

샤르릉 마을은, 궁전을 닮은 얼음 건물들이 둥근 광장을 에워싸고 있는 아담한 마을이었다. 광장의 중앙에는 동물인지 인간인지 가늠하기 힘든 커다란 동상이 하나 서 있었는데, 무척이나 슬픈 표정을 한 가면을 쓰고 있었고, 엉덩이에 긴 꼬리가 달려 있었다.

여행 중에 알게 된 것이지만 마을마다 마을을 상징하는 독특한 상징물이 있었다. 천사도 있고, 악마도 있다. 도끼를 든 할아버지, 머리에 바구니를 인 할머니, 이마에 뿔이 다섯 개나 달린 아이, 기괴한 모습을 한 나무, 거대한 바위, 뱀, 사슴, 새도 있었다. 그 상징물의 공통점은 마을의 수호신이자 신비로운 전설을 담고 있다는 것이었다.

가면을 쓴 인간은 눈사람에게 좋은 자리를 내주고 귀한 술과 잘 차린 음식을 대접했다. 예상치 못한 환대에 눈사람은 어찌할 바를 몰랐다.

이튿날 알게 된 사실이지만 시장에는 인간이 많지 않았다. 하루가 더 지난 후에 알게 된 사실은, 시장을 오가는 인간의 모습이 다 비슷하다는 것이었다. 하루가 더 지난 후 눈사람은 시장을 오가는 인간이 마을에 살고 있는 인간이라는 사실을 알게 되었다. 그들은 연극을 하듯이 골목을 오가며, 일정한 장소에 모여서 대화를 나누고 수다를 떨었다. 그러고는 다시 흩어져 골목으로 사라졌다가 사방으로 난 골목으로 빠져나와 광장을 배회하다 다시 골목으로 사라졌다. 그런 행동은 끊임없이 이어졌다. 그제야 눈사람은 상점 모퉁이에서 자신을 감시하고 있는 그림자를 볼 수 있었고, 밤이 되면 마차 주변을 오가는 조심스러운 인기척도 들을 수 있었다. 눈사람은 마을을 떠나기로 마음먹었다.

그날 밤 인적이 끊긴 후 눈사람은 조심스럽게 마차를 몰아 광장을 빠져나갔다.

"샤르릉, 샤르릉, 샤르릉……."

얼음정원을 지나는 중에 눈사람은 샤르릉 소리를 들었다. 그 소리는 천상의 합주곡도 아니었고 태초의 소리도 아니었다. 그 소리는 악마의 주술이었다.

숲을 빠져나가는 입구에 도착했을 때 길 양쪽으로 눈사람들이 늘어서 있는 게 보였다. 마을로 들어올 때는 보지 못한 것이었다. 눈사람들은 하나같이 인상이 험악했으며, 혐오스러운 모습으로 눈사람을 노려보고 있었다. 그때 어디선가 발걸음 소리가 들렸다.

"뽀드득! 뽀드득! 뽀드득!"

"뽀드득!"

"뽀드득! 뽀드득!……"

눈사람은 주위를 둘러보다가 눈이 휘둥그레졌다. 눈사람들이 마차를 향해 움직이기 시작한 것이었다. 그들은 손에 몽둥이와 곡괭이를 들고 있었다.

그제야 눈사람은 마차를 향해 다가오고 있는 것이 눈사람이 아니라 하얀 털옷을 뒤집어쓴, 마을에 살고 있는 인간이라는 사실을 알았다.

겁에 질린 눈사람은 황급히 마차에서 내려 숲 속으로 치달았다. 뒤에서 으르렁거리는 소리가 들려왔다. 돌아보니 마차에 오른 인간들이 물건을 차지하기 위해 서로를 물어뜯고 있었다.

얼어붙은 나뭇가지가 눈사람의 팔을 베고 고드름이 온몸을 찔러댔다. 이윽고 숲을 빠져나왔을 때 드넓은 벌판이 나타났다. 벌판 끝으로 하늘을 반이나 가리고 있는 검은 숲이 보였다.

눈사람은 벌판을 가로질러 검은 숲으로 들어갔다. 뱀처럼 휘어진 나뭇가지 사이로 달이 보였다. 눈발이 흩날리기 시작할 즈음이었다.

마침내 검은 숲을 빠져나와 강가에 도착해서야 눈사람은 마음을 진정시키고, 얼음장 아래로 흐르는 물소리를 들을 수 있었다. 밤하늘에는 별이 반짝이고, 가까운 곳에서 새들이 날아올랐다. 눈사람은 강을 거슬러 상류로 향했다.

한참을 걷다보니 들쑥날쑥한 숲 위로 낡은 성(城)이 보였다.

 한 시대를 풍미했을 법한 성은 얼음산을 등진 채 겨울밤의 혹한 속에서 웅크리고 있었다. 불빛이 보이지 않는 것으로 보아 아무도 살지 않는 것 같았다.

 '저곳에서 하룻밤을 보내야 할까?'

 고민에 빠져 있을 때 어디선가 말 울음소리가 들려왔다. 눈사람은 바위 뒤로 숨었다.

 러시아산 말을 타고 성문 앞에 도착한 남자의 얼굴은 구레나룻이 반이나 덮고 있었으며, 짐승의 가죽으로 만든 코트를 걸치고 있었다. 그의 안장 옆에는 섬세한 문양이 새겨진 황금 조각으로 장식한 긴 장총 한 자루가 꽂혀 있었다.

 남자는 커다란 열쇠를 꺼내 들고 성문으로 걸어갔다. 잠시 후 묵직한 쇳소리와 함께 육중한 성문이 열렸다.

 '도움을 청해볼까?'

 인간에게 당하고 인간에게 도움을 청해야 하는 현실은 안타까웠지만 어쩔 수 없었다. 험한 산중에서 길을 잃으면 살아남을 수 없을 터였다.

 눈사람은 앞으로 나아갔다. 남자는 잠시 당황하는 것 같았지만 놀라지는 않았다.

"뉘시오?"

남자가 물었다. 눈사람은 자신을 상인이라고 소개하고 샤르릉 마을 이야기를 꺼냈다.

눈사람의 이야기를 다 듣고 난 후 남자가 말했다.

"당신도 샤르릉족에게 당했군요."

자신을 성주라고 소개한 남자는 한숨을 내쉬며 샤르릉족 이야기를 시작했다.

"샤르릉족은 얼음 조각을 만드는 장인들입니다. 그들이 만든 얼음 조각은 보석보다 화려하고 태양보다 빛났기에 수많은 왕족의 얼음궁전을 장식하는 데 사용했습니다. 그때만 해도 샤르릉 마을에는 얼음 조각을 거래하는 아주 큰 시장이 있었습니다."

"그처럼 번성했던 마을이 왜 저 꼴이 되었습니까?"

"욕심이 과했기 때문입니다."

"욕심이라니요?"

"얼음 조각을 구매하기 위해 시장을 찾아오는 상인들의 재물에 손을 댄 것입니다. 그 계획은 아주 치밀하게 이루어졌고, 처음에는 샤르릉족의 명성과 맞물려 차질 없이 진행되었습니다. 시간이 흐르면서 욕심은 커져만 갔습니다. 금화 한

닢이던 것이 다섯 닢, 열 닢으로 늘어났고, 결국 상인들은 샤르룽 마을의 비밀을 알아버렸습니다. 이후 상인들의 발길이 끊기고 시장은 사라졌습니다. 그러나 샤르룽족은 반성은커녕 이번에는 몽환적인 소리로 여행자들과 상인들을 유인하기 위한 음모를 짜고, 마을 주변을 얼음 조각으로 장식했습니다. 얼음 조각이 서로 부딪칠 때 나는 몽환적인 소리에 이끌려 온 여행자들에게는 얼음궁전의 화려한 침실을, 상인들에게는 시장의 좋은 자리를 내주고 모든 것을 빼앗았습니다. 세상에서 가장 아름다운 마을이던 샤르룽 마을은 지금은 사악한 무리들만 우글거리는 소굴이 되어버렸습니다."

눈사람은 자신을 환대한 마을 사람들을 떠올렸다.

"몸이라도 성하게 빠져나온 게 다행입니다. 샤르룽 마을을 모르는 걸 보니 당신은 먼 곳에서 온 여행자 같군요?"

"눈사람 노인을 찾아가는 길입니다."

"많은 상인이 그 노인을 만나기 위해 세상의 중심으로 가는 것을 보았습니다. 여행자께서는 어디에서 오셨습니까?"

"세상의 끝에 있는 마을에서 왔습니다."

"오, 세상의 끝이라! 그곳은 세상에서 제일 큰 고목이 있는 곳이 아닙니까. 자 어서 들어갑시다. 놀라운 모험담이 우리를 즐겁게 할 듯합니다."

허물어진 성벽은 위태로워 보였고, 두 개의 첨탑을 오가는 회랑의 지붕은 금방이라도 무너질 것 같았다. 드넓은 화원에는 날개가 잘려나간 천사상과 수많은 선지자의 동상이 눈 속에 파묻혀 있었다.

성주는 그나마 온전한 문이 붙어 있는 곳으로 눈사람을 안내했다.

계단을 따라 올라가니 높은 천장에 성화가 그려져 있는 커다란 홀이 나타났다. 홀 안에는 긴 식탁이 하나 있고, 식탁 양쪽으로 장총과 똑같은 문양의 황금 조각으로 장식한, 등받이가 높은 의자가 수십 개 있었다. 성주는 화덕에 불을 피우고 술 한 병을 들고 높은 등받이가 있는 의자에 앉으며 눈사람에게도 자리를 권했다.

"나는 사업가입니다. 몇 해 동안 성을 비워두었는데 갑자기 성을 보수해야 한다는 생각이 들었습니다. 아마도 여행자를 만나기 위한 인연이 저를 이끈 것 같습니다."

성주는 말을 건네고 눈사람에게 술을 권했다. 눈사람은 정중하게 거절했다. 성주는 술을 한 잔 들이켰다.

"세상의 끝에 있는 마을 이야기를 듣고 싶습니다. 그 마을에는 성보다 더 큰 고목과 눈사람 마을이 있다고 들었습니다."

 눈사람은 말을 조심해야 한다고 생각했다. 성주도 눈사람을 시기하는 인간인지도 모르기 때문이었다.

 "혹시 눈사람 마을에 가보셨습니까?"

 성주가 다시 물었다. 눈사람은 자신도 모르게 인상이 굳어졌다. 성주가 눈사람의 마음을 간파하고 말을 덧붙였다.

 "말씀하지 않아도 짐작이 갑니다. 아마도 눈사람 마을은 비참하기 그지없을 것입니다. 안타까워하는 당신의 마음을 이해할 것 같습니다. 우리 인간은……."

 성주는 거기에서 말을 끊고 술을 연거푸 몇 잔 들이켰다. 성주는 눈사람에게 지은 인간의 죄를 안타까워하고 있는 모양이었다.

 눈사람은 성주에게 많은 이야기를 들려주었다. 고목, 영험한 언덕, 큰 시장, 디, 그리고 가르침을 받기 위해 눈사람 노인을 찾아가는 길이라고 했다. 성주도 대화 상대가 그리웠다는 듯이 자신의 이야기를 시작했다.

 "지금은 쓸모없는 성이 되어버렸지만 예전에는 영화를 누렸습니다. 그 시절에는 저 성문 밖으로 화려한 의상을 입은 사람들이 끊임없이 몰려왔습니다. 비단옷을 입고, 향유를 바른 여자들. 멋진 정장을 차려입은 사내들. 왕족도 있고 갑옷을 입은 기사도 있었답니다. 화가는 물론이고 시인과 음악가도 있었죠. 하루 종일 술과 음악이 끊이지 않았고 웃음소리가 가득했습니다. 하지만 지금은 화려한 시절은 가고, 남아 있는 것이라고는 그 시절을 기억해주는 몇몇 사람뿐입니다."

눈사람은 성이 몰락한 이유가 궁금해졌다.

"어쩌다 이렇게 되었습니까?"

성주는 술을 한 잔 들이켰다.

"먼 곳에 항구가 있습니다. 그 항구에는 수백여 척에 달하는 아버님 소유의 범선이 정박해 있었습니다. 돛대 위에서는 형형색색의 깃발이 휘날리고, 뱃머리엔 사이렌 문양이 조각되어 있는 아름다운 범선이었죠. 바다에서 돌아온 범선이 닻을 내릴 때면 바다 건너에서 온 여행자들과 물건을 짊어진 뱃사람들이 쏟아져 나왔습니다. 정말 장관이었습니다."

성주는 지난날을 회상했다.

"그 당시 아버님의 범선은 폭풍우를 뚫고 바다로 나아갈 수 있는 유일한 상선이자 여객선이었습니다. 그런데 그 많은 범선이 한순간에 쓸모없게 돼버렸습니다."

"무서운 일이라도 벌어졌습니까?"

"아닙니다, 어느 날 증기선이라는 배가 나타났습니다. 한두 척이 아니고 수평선을 다 채우고 남을 만큼 많았습니다.

크기도 엄청났지만 높은 굴뚝에서 검은 연기를 내뿜는 놀라운 배였습니다. 지금도 그날 본 광경을 잊을 수가 없습니다."

"해상의 상권을 증기선에게 빼앗겼군요?"

성주가 고개를 저었다.

"아닙니다, 빼앗긴 것이 아니라 아버님의 판단이 늦었기에 그런 사태가 벌어진 것입니다."

성주는 한숨을 내쉬고는 말을 이어갔다.

"아버님도 증기선이라는 놀라운 배가 바다를 돌아다닌다는 소문을 익히 들어서 알고 계셨고, 빠른 속도로 해상을 장악하고 있다는 사실도 알고 계셨습니다. 뱃사람들조차도 더 늦기 전에 범선을 증기선으로 교체해야 한다고 주장하고 나섰습니다. 하지만 아버님의 생각을 달랐습니다. 아버님은 많은 것이 그랬듯이 증기선도 얼마 못 가서 사라질 것이라 믿었습니다. 하지만 아버님의 예상은 빗나갔습니다."

"그렇게 된 거군요."

"범선을 증기선으로 바꾸는 사업은 아버님에게는 일생일대의 모험이었죠. 당신도 상인이니 알겠지만 모험은 둘 중 하나를 선택하는 일입니다. 더 큰 풍요, 아니면 파산. 아버님은 모험보다 안정을 선택하셨습니다. 결국 아버님은 증기선에게 해상을 내주고 물러나야 했습니다."

"증기선의 선주는 미래의 변화를 내다보는 안목이 있는 사람이었군요."

"증기선의 선주는 사람이 아니라 눈사람 노인입니다. 여행자께서도 눈사람 노인의 명성을 알고 계시겠지만 그 노인은 정말 위대한 상인입니다. 항상 시대를 앞선 생각으로 상권을 장악하니 말입니다."

"눈사람 노인을 저주하십니까?"

"저주할 일도 시기할 일도 아닙니다. 눈사람 노인이 훌륭한 상인이라는 것은 세상 모든 상인이 다 알고 있습니다. 단지 인간보다 더 뛰어난 능력을 갖고 있다는 사실을 인정하고 싶지 않을 뿐입니다."

성주는 아버지의 패배를 인정하면서 한편으로는 눈사람 노인을 존경하는 것 같았다.

"성주님은 신사십니다."

"아닙니다. 눈사람 노인은 마땅히 존경받아야 합니다. 그는 상인이 갖추어야 할 모든 자질과 능력을 갖고 있는 유일한 거상이기 때문입니다. 아버님조차도 눈사람 노인을 본받아야 한다고 말씀하셨습니다. 하지만 저도 아버님처럼 어리석은 인간으로 끝날 것 같습니다. 이렇게 낡은 성에 앉아 화려한 시절이 다시 돌아오기를 기다리고 있으니 말입니다. 지금 제

게 남은 것은 낡은 성과 바다에 떠 있는 범선 한 척뿐입니다. 아버님이 돌아가신 후 위기에서 벗어날 방법을 모색했지만 변화는 실천도 못하고 허황된 꿈만 꾸고 있었습니다. 꿈에서 깨어나니 30년이 지났더군요. 그사이 성은 허물어지고, 금화도 바닥 났고, 모든 것이 사라졌습니다."

"아직 늦지 않았습니다, 성주님. 사방이 새로운 길이고 처음 만나는 일이 모험입니다."

"저라고 왜 그걸 모르겠습니까. 하지만 변화를 꿈꾸는 순간 지금 누리고 있는 이 작은 풍요마저도 잃어버릴 것 같은 두려움이 고개를 쳐듭니다. 저도 어쩔 수 없는 나약한 인간입니다. 우물쭈물하며 인생을 다 보내고 있으니 말입니다."

성주는 취기가 오르는지 노래를 불렀다.

"그들은 룰루, 돌아올까나…… 화려한 시절은 다시 돌아온다네…… 룰루……."

눈사람은 성주의 눈에서 흔들리는 삶을 보았다. 그러나 성주를 믿고 싶었다. 패배를 인정하는 신사는 다시 시작하는 순간도 알고 있기 때문이다. 어느 순간 성주는 노래를 멈추고 말했다.

"지나온 제 삶은 정장이나 차려입고 아름다운 여자들과 파티를 즐기는 것이 전부였습니다. 저는 못 하나도 박지 못하고, 벽돌 한 장도 만들지 못합니다. 그런 제가 다시 변화를 꿈꾼다 해도 무엇을 할 수 있겠습니까."

눈사람은 성주도 자신과 비슷한 처지라고 생각했다. 자신이 겨울이라는 울타리에 갇혀 있듯이, 성주도 풍요로운 지난날에 갇혀 있었던 것이다.

잠시 후에 성주가 입을 열었다.

"여행자여, 부탁이 있습니다. 성을 보수하는 일을 도와주신다면 범선을 빌려드리겠습니다. 뱃길을 이용하면 눈사람 노인이 살고 있는 세상의 중심으로 곧바로 갈 수 있습니다. 그리고 금화와 식량도 드리겠습니다."

말을 마친 성주는 식탁에 얼굴을 묻고 잠이 들었다.

다음 날 아침 눈사람은 성을 둘러보기 위해 첨탑으로 올라갔다. 첨탑 위에서 내려다본 성의 상태는 생각했던 것보다 심각했다. 외성은 물론 내성의 성벽도 허물어져 있었고, 거대한 나무 뿌리들이 성벽을 휘감고 있었다.

눈사람은 첨탑을 내려와 성안을 돌아보았다. 내부도 마찬가지였다. 대부분의 버팀목은 썩었고, 문은 떨어지고 부서진 채 방치되어 있었다. 그나마 온전한 문을 지탱하고 있는 경첩도 벌겋게 녹이 슬었다.

성주가 있는 곳으로 돌아왔을 때 수프 냄새가 진동했다. 성주는 멀쩡한 모습으로 눈사람을 맞이했다.

"성의 상태가 어떻습니까?"

성주가 물었다.

"시간이 좀 걸릴 것 같습니다."

"그렇겠지요, 방치한 지가 30년이 넘었습니다. 자, 이제 식사를 합시다. 그리고 계획을 세워봅시다."

식사가 끝난 후 성주는 지하에 있는 공구창고로 눈사람을 안내했다. 눈사람은 먼저 톱을 집어 들었다.

"우선 숲으로 가서 나무를 골라야 합니다."

눈사람은 성 주변을 돌아다니며 버팀목으로 사용할 수 있는 적당한 나무를 고르고, 밑동에 자국을 남겼다. 첫날은 그렇게 하루가 갔다.

다음 날 눈사람과 성주는 나무를 베고, 다음 날은 나무의 껍질을 벗겨낸 후 사포질을 해서 그늘에 말렸다. 나무가 마르는 사이 눈사람은 녹슨 고리와 경첩을 떼어내고 새것으로 교체했다. 나무가 마르자 밧줄과 도르레를 이용해 성벽 위로 끌어올린 후 방충액과 방수액을 발라두고, 문을 만들 나무는 널빤지로 만들어서 한쪽에 쌓아두었다.

이튿날은 살을 에는 강풍과 눈보라가 몰아쳤다. 성주가 작업을 중단하자고 제안했지만 눈사람은 그럴 수 없었다. 겨울은 한정된 시간 속에 머물러 있었기 때문이다.

강풍과 눈보라 속에서도 성 보수 공사는 계속되었다.

성주는 창문에 기대어 한 치 앞도 보이지 않는 폭설 속에서 성을 보수하고 있는 눈사람을 내려다보았다.

성벽의 보수가 끝나고 버팀목도 바꿨지만 보수할 곳은 계속해서 나타났다. 거기다 폭설까지 이어졌다. 그러나 하루가 다르게 성은 제 모습을 찾아가고 화려한 빛을 내기 시작했다.

세 달째로 접어든 어느 날 눈사람은 마지막 장식인 고목을 조각하고 있었다. 그 조각은 성주가 머물고 있는 홀의 중앙에 걸 것이었다.

조각을 마무리하고 있을 때 성주가 나타났다.

"세상의 끝에 있는 고목이로군요, 정말 신비롭습니다."

"이 고목이 성주님께 행운을 가져다줄 것입니다. 성 보수도 다 끝났으니 이제 성을 떠나야 할 것 같습니다."

"그렇게 하십시오. 항구까지 가려면 족히 열흘은 걸릴 겁니다. 긴 여행이 될 터이니 오늘은 푹 쉬세요."

이튿날 새벽, 말 울음소리에 눈사람은 잠에서 깨어났다. 창밖을 내다보니 가문의 정장을 차려입고, 섬세한 문양의 황금 조각으로 장식한 검을 차고 서 있는 성주가 보였다. 그의 곁에는 말 두 필이 끄는 마차가 한 대 서 있었다.

눈사람이 성주 앞에 다가갔을 때 성주가 말했다.

"금화와 식량을 실어놓았습니다. 성을 보수한 대가에 비하면 턱없이 부족하지만 재기하는 데 도움이 됐으면 합니다."

"감사합니다, 성주님."

성주는 아쉬운 표정으로 한동안 눈사람을 바라보다가 입을 열었다.

"이제야 말하지만 저 또한 눈사람 노인의 소문을 듣고 세상의 중심에 갔었습니다. 하지만 눈사람 노인의 그림자도 보지 못하고 판석에 써 있는 '상품의 움직임을 읽는 자는 파산할 것이며, 시장의 움직임을 읽는 자는 풍요를 얻으리라'라는 이해할 수 없는 글만 보고 돌아서야 했습니다."

눈사람은 큰 시장에서 겪은, 사라진 시장에 대한 경험담을 성주에게 들려주고 덧붙였다.

"범선은 사라진 것이 아닙니다. 해상의 물류 시장이 증기선으로 이동한 것입니다."

그 말을 들은 성주의 낯빛이 환해졌다.

"미래에는 증기선을 대체할 배가 나타나겠군요?"

"그렇습니다, 성주님."

성주의 얼굴에 기쁨이 넘쳤다.

"여행자께서 제가 가야 할 미래를 보여주셨습니다."

"시장에서 배운 것을 전해드린 것뿐입니다."

"아닙니다. 당신과 함께 있는 동안 저는 오랫동안 녹슬어 있던 마음이 움직이는 소리를 들었습니다. 한 치 앞도 보이지 않는 폭설 속에서 성을 보수하고 있는 당신을 볼 때마다 그 소리는 조금씩 커졌습니다. 그리고 어제야 그 소리의 정체를 알게 되었습니다."

"그게 무엇입니까?"

"미래라는 폭설에 맞설 수 있는 용기를 내라는 마음의 울림이었습니다."

성주의 마음에 있는 용기 톱니바퀴가 움직이기 시작한 것이라고 눈사람은 믿었다.

"성주님께 풍요가 찾아오길 기원하겠습니다."

"여행자께서도 눈사람 노인을 만날 수 있기를 기원하겠습니다. 항구에 도착하면 모노를 찾으십시오. 그가 모든 것을 알아서 처리해줄 것입니다. 세상 끝에 있는 언덕에서 다시 만날 그날을 기다리겠습니다."

기쁨에 차 있는 성주를 뒤로하고 눈사람은 마차에 올랐다.

어느 날 새벽 눈사람은 난생처음 보는 놀라운 풍경과 맞닥뜨렸다. 그것은 바다였다.

눈사람 앞에 펼쳐져 있는 바다는 사방으로 길이 뚫려 있는 매끈한 마법의 양탄자였다. 흰 눈으로 덮여 있는 드넓은 벌판도 그랬다. 어느 쪽으로 길을 잡아도 원하는 곳으로 갈 수 있는 마법의 길을 갖고 있다. 두 곳 다 누구에게라도 자신이 원하는 길을 만들 수 있고, 길을 찾는 여행자에게는 언제나 길을 열어주는 존재다.

이윽고 눈사람은 바다가 울부짖는 소리를 들었다. 두려움의 톱니바퀴를 멈추고, 용기를 움직이는 톱니바퀴에 힘을 가해 길을 개척하라고 호통치고 있었다. 모험에 나서라고 독려

하고 있었다.

 수평선에는 수를 헤아릴 수 없는 증기선이 떠 있고, 항구는 흰 눈으로 덮여 있었다. 고막을 째는 듯한 뱃고동 소리가 들리고, 거대한 쇳덩어리가 검은 연기를 내뿜으며 움직이기 시작했다.

 눈사람은 부둣가에 마차를 세우고 주위를 둘러보았다. 우측으로 해운회사 건물처럼 보이는, 증기선이 그려진 커다란 건물들이 늘어서 있었는데, 추운 날씨에도 불구하고 상인들이 즐비했다.

 해운회사 건물과 인접해 있는 허름한 주점 앞에는 모닥불이 타오르고 있었고, 건장한 사내들이 초조한 눈빛으로 어슬렁거리고 있었다. 아마도 일자리를 찾는 모양이었다. 개중에는 바닥에 쭈그려 앉아 대화를 나누거나, 커다란 술통을 든 사내도 있었고, 얼굴에 칼자국이 난 사내도 있었다. 눈사람은 큰 시장에서 봉변을 당한 일을 떠올리고는 말고삐를 당겼다. 그때 모닥불 가에 서 있던 사내 하나가 팔을 뻗어 눈사람을 가리켰다. 이어 고함 소리가 들렸다.

 "저기, 눈사람이 나타났다!"

 부산하게 움직이는 발걸음 소리와 함께 순식간에 사내들이 마차를 에워쌌다.

 눈사람이 얘기도 꺼내기 전에 얼굴에 칼자국이 난 사내가 눈사람을 번쩍 들어 올렸다.

 "바다에 던져버려!"

 누군가 고함쳤다. 고함은 계속해서 이어지고 갈수록 험악해졌다.

 "펄펄 끓는 물속에 처넣어!"

 눈사람은 겁에 질려 소리쳤다.

 "진정하시오, 나는 모노를 찾고 있습니다!"

 잠시 침묵이 흘렀다. 얼굴에 칼자국이 난 사내가 주위를 두리번거리더니 구경꾼 중 골격이 우람한 한 남자에게 시선을 던졌다.

 시선을 받은 남자가 사내들을 밀치고 앞으로 나섰다. 그는 발목까지 올라오는 장화를 신고 있었고 양쪽 어깨가 훤히 드러나 보이는 털옷을 걸치고 있었다. 그에게 추위 정도는 대수롭지 않아 보였다.

 남자가 얼굴에 칼자국이 난 사내에게 말했다.

 "자네, 이제는 아무나 보고 눈사람이라고 우기는 건가, 이분은 성주님의 손님이라네, 자네 큰 실수를 했어."

 칼자국 사내는 맥이 풀린 듯 눈사람을 내려놓고 주점으로 돌아갔다.

"이해하시오. 범선이 있을 때만 해도 이런 일이 없었는데, 증기선에 일자리를 빼앗긴 후 뱃사람들이 예민해졌소. 자 갑시다. 그렇지 않아도 성주님의 연락을 받고 기다리고 있었소."

모노가 닻을 올릴 준비를 하며 눈으로 증기선을 가리켰다.

"저기 정박해 있는 증기선들이 전부 눈사람 노인의 소유라오. 세상은 하루가 다르게 변하고 이제 범선은 퇴물 취급을 받고 있다오."

그는 조타실로 향하며 말을 이었다.

"항구에 불어닥친 변화는 뱃사람들을 혼란에 빠뜨렸다오. 여행자께서 봉변을 당한 것도 그 때문이오. 나는 여행자가 눈사람이든 인간이든 상관없소. 성주님의 지시를 받는 충복이니까요. 지금부터는 여행자를 세상의 중심으로 데려다주는 것이 임무가 되었군요. 그렇지 않아도 바다가 그리웠습니다. 자, 이제 출발합시다. 바다가 우리를 기다립니다!"

나무가 어긋나고 틀어지는 소리가 들렸다. 이윽고 범선이 움직이기 시작했다.

빙판보다 더 매끈한, 그러나 살아서 움직이는 바다를 보면서 눈사람은 생각했다. 바다는 분명 눈송이들의 안식처라고. 눈송이들이 해수면에 닿는 순간 별이 되어 바닷속으로 가라앉았기 때문이다. 그리고 심해는 눈사람의 무덤이었다. 눈송이를 닮은, 푸른빛을 반짝이는 영혼들이 심해에서 솟구쳐 올라왔기 때문이다.

바다를 여행하면서 눈사람이 알게 된 것은 태양이 바다를 두려워한다는 사실이었다. 수평선으로 가라앉을 때 태양은 겁먹은 얼굴 모양으로 붉어졌다가, 아침이면 그 얼굴 그대로 반대편 수평선으로 솟아올랐기 때문이다. 그런 걸 보면 바닷속에 잠겨 있는 동안 태양은, 밤새도록 겁을 집어먹고 있었을

지도 모를 일이다.

 태양이 두려워하는 것은 바다뿐만이 아니었다. 눈송이도 있었다. 눈송이 하나의 힘은 미약했지만, 다닥다닥 붙어서 움직이는 수많은 눈송이는 태양이 내뿜는 빛을 가소롭게 여기는 것 같았고, 그걸 증명이라도 하듯이, 대기를 어둠에 빠트렸다. 그럴 때면 태양은 앞을 볼 수 없었다.

 눈사람은 바다와 태양과 눈송이를 보면서 깨달았다. 자신이 두려워하는 태양도 두려워하는 존재가 있다는 것을. 그리고 미약하고 작은 존재도, 태양의 빛을 차단할 수 있다는 것을.

 눈사람은 또 한번 자신이 믿고 있는 사실들이 다 진실은 아니라는 것과 내가 두려워하는 존재도 누군가에게는 하찮은 존재일 수 있다는 사실을 깨달았다.

 '진실을 알기 전에 두려움을 품으면, 이룰 수 있는 꿈도 불가능하다고 믿는 마음을 품게 된단다!'

 고목이 들려준 말이 귓가에 맴돌았다.

 눈사람은 온몸으로 하늘 끝에서 쏟아져 내려오는 눈송이를 받아들이며 자신이 깨달은 것을 가슴에 새기고, 가족을 그리워하며 잠이 들었다.

눈사람이 잠이 들면 커다란 날개를 가진 새들이 행복한 꿈을 꾸고 있는 눈사람 곁에 머물렀다.

새벽이 밝아올 무렵이면 아기처럼 울어대며 물고기 떼가 눈사람을 깨웠다.

어느 날, 파도는 매끈한 해수면을 들쑥날쑥하게 만들고 그곳으로 범선을 이끌었다. 눈사람은 돛대 위로 넘실대는 성난 파도를 보았고, 범선은 성난 파도를 미끄러지듯이 타고 올라가 허공을 붕붕 떠다녔다.

"성난 파도는 우리네 삶과 닮았어."

키를 잡고, 아무렇지도 않게 그 광경을 보고 있던 모노가 혼잣말을 했다.

어느 날, 눈사람은 인간이 하나도 없는 얼음섬을 보았다.

"저곳은 물개들의 안식처랍니다."

모노가 설명했다.

어느 날, 눈사람은 인간을 닮은 물고기들의 노랫소리를 들었다.

"조심하시오, 노랫소리에 홀리면 기억을 빼앗긴다오."

이번에도 모노가 설명했다.

눈사람은 거북 한 마리가 혼자서 헤엄치는 것도 보았다.

"저놈은 고독한 여행자랍니다."

범선보다 더 큰 물고기들이 하얀 포말을 꼬리에 달고 무리 지어 움직이는 광경도 보았다.

"수염고래랍니다. 여행의 동반자죠. 선원들은 행운을 가져다준다고 믿고 있소."

하늘에서 날아온 물고기들이 갑판 위에 떨어졌다.

"바다에는 예기치 못한 행운도 있다오."

바다에서 일어나는 모든 일을 모노는 철학자처럼 말했다. 그의 말을 듣고 있자니 눈사람은 바다를 여행하는 것은 삶의 여정과 같다는 생각이 들었다. 그래서 모노가 철학자가 된 것이리라.

온 세상이 황금빛으로 물들고, 눈송이가 바다를 뒤덮을 무렵 모노의 고함 소리가 갑판에 울려 퍼졌다.

"세상의 중심에 오신 것을 환영합니다!"

뱃머리 뒤로 어두워지기 시작하는 항구가 보였다. 항구와 인접해 있는 깎아지른 듯한 절벽 위로, 태고의 신비를 간직한 신전도 보였다. 흩날리는 눈송이 사이로 보이는 신전은 겨울의 왕국 같았다.

모노가 신전을 가리켰다.

"저곳이 눈사람 노인의 저택이요, 정말 장관이지 않소!"

항구에 가까워질수록 저택은 하늘을 향해 솟구쳐 올랐다. 항구에 정박해 있는 크고 작은 배들이 불을 밝히기 시작할 즈음이었다.

"아무래도 오늘밤은 범선에서 자고 내일 움직이는 게 좋을 것 같소. 눈사람 노인도 잠을 자야 하니까요. 노인들은 일찍 잔다고 들었소. 하하하!"

농을 하는 모노의 얼굴에는 알 수 없는 기쁨이 넘쳐났다.

닻을 내리고 부두로 내려갈 계단도 내렸다. 모노는 어느새 멋지게 차려입고, 파이프를 입에 물고 나타났다. 그는 계단 앞에 서서 파이프를 빼 들고 눈사람에게 말했다.

"범선은 크고 잘 곳은 많소. 맘에 드는 곳이 당신의 침실이오. 나는 내일 아침에나 돌아올 거요."

"항구를 구경해도 되겠습니까?"

눈사람이 물었다.

"물론이오. 하지만 조심하시오. 항구는 사기꾼, 살인자, 도망자, 온갖 사연을 숨긴 인간들이 숨어 들기에 아주 적당한 곳이오. 술집 가까이에는 가지 말고, 싸움질하는 뱃놈들을 보더라도 끼어들지 마시오. 술과 계집질 그리고 쌈박질하는 게 그들의 일상이랍니다. 아, 혹시라도 시비를 걸어오는 놈이 있으면 내 이름을 대시오. 그럼 나는 이제 사나이들의 세계로 갑니다!"

계단을 내려간 모노는 눈 덮인 부둣가를 가로질러 화려한 불빛이 반짝이는 골목으로 사라졌다.

눈사람도 계단을 내려갔다.

부두는 흰 눈으로 덮여 있었다.

홍등이 흔들리고 있는 술집이 보이는 곳에 눈사람이 당도했을 때, 술집 앞에 무리 지어 서 있는 사내들이 보였다. 그들은 어른이면서 아이처럼 눈싸움을 하고, 서로 몸을 부딪치며 호탕한 웃음을 나누고 있었다. 길바닥을 뒹굴고, 병에 든 색물을 마시는 사내가 있는가 하면, 요란한 화장을 한 여자를 꼬드겨 홍옥빛 램프가 켜진 술집으로 들어가는 사내도 보였다.

드럼통이 쌓여 있는 상점의 모퉁이를 돌아섰다. 골목 양쪽으로 항해에 필요한 물건을 파는 상점이 즐비했는데, 많은 상인이 바쁘게 드나들고 있었다.

부둣가 쪽에서 뱃고동 소리가 들려왔다. 상점에서 빠져나온, 어깨에 상자를 들춰멘 뱃사람들이 황급히 부둣가 쪽으로 사라졌다.

새로운 골목으로 들어섰을 때 늙은이 하나가 짐수레에 걸터앉아, 하루를 내려놓고 담배를 태우고 있었다. 상점은 문을 다 닫았고, 늙은이 뒤로, 흩날리는 눈송이 사이로 희미한 불빛이 새어 나오는 허름한 상점이 보였다.

낡은 창문 뒤로 보이는 상점의 진열대에는 나침반, 칼, 지도, 손전등, 털모자, 지팡이, 가죽가방, 성냥, 등잔 등이 진열되어 있었는데 모두 골동품 같은 모습을 하고 주인이 될 여행자를 기다리고 있었다. 그중에서 눈사람의 눈길을 끈 것은 성냥이었다. 그동안 수없이 많은 성냥을 보아왔지만 진열대에 있는 성냥은 아주 특별해 보였다. 이글거리는 태양 위에 서 있는 눈사람 노인이 그려진 육각형 성냥이었다.

상점 안으로 들어섰다. 안쪽에서 노인이 나타났다. 그는 손에 작은 상자를 하나 쥐고 있었다.

눈사람은 진열대에 있는 성냥을 집어 들었다.

"이 성냥을 사고 싶습니다."

"양초도 사실 건가요?"

"아닙니다. 아직 많이 남아 있습니다."

"여행을 하시오?"

"눈사람 노인의 저택으로 가는 길입니다."

"많은 인간이 풍요의 비책을 읽기 위해 눈사람 노인의 저택을 찾는답니다."

노인은 항구의 사정을 잘 알고 있다는 듯이 말하고는, 하루에 수백에 이르는 인간이 항구를 거쳐 저택으로 간다고 덧붙였다.

"……저는 풍요의 비책을 알기 위해 온 것이 아닙니다."

눈사람이 말했다.

"눈사람 노인의 제자가 되기 위해 저택을 찾는 인간도 많다오?"

"그것도 아닙니다."

"특별한 이유가 있는 여행자로군요?"

눈사람은 지금부터 말을 조심해야 한다고 생각했다. 노인도 눈사람을 시기하는 인간인지도 모르고, 눈사람은 지금 온갖 인간들이 모여 있는 세상의 중심에 있다. 눈사람은 거짓에 가려져 있는 진실을 찾아가는 길이라고 둘러댔다.

"어떤 진실을 찾아가는지 모르지만, 지금까지 진실도 모른 채 무작정 믿고 있었다는 말이오?"

"어쩌다보니 그렇게 되었습니다. 뒤늦게 그 사실을 알고 이렇게 여행을 나서게 된 것입니다."

"그렇다면 눈사람 노인보다 깨달은 자나 철학자를 만나는 게 좋지 않겠소? 그들은 우주의 진실을 찾아 여행하는 순례자들이라오."

"제가 확인하고 싶은 진실은 오직 눈사람 노인만 알고 있습니다."

은화를 건네주고 돌아서려는데 노인이 눈사람을 불러 세웠다.

"여행자께서 눈사람 노인을 만날 수 있는지 이 늙은이가 알아맞혀보겠소!"

눈사람은 상점 주인이 다른 물건을 끼워 팔려고 상술을 부린다고 생각하면서도 귀가 솔깃해졌다.

"맞혀보시오."

"여행자께서 들고 있는 성냥에 어떤 그림이 그려져 있습니까?"

눈사람은 특별한 상술이라도 나올 것이라 기대했지만 생각지도 않은 질문에 의아해하며 물었다.

"어떤 그림이라니요? 성냥갑 위에 있는 그림은 태양 위에 서 있는 눈사람 노인이 아닙니까?"

노인의 낯빛이 환해졌다.

"여행자께서는 눈사람 노인을 만나게 될 것이오."

그의 목소리에는 확신이 담겨 있었다.

"제가 눈사람 노인을 만난다는 걸 어떻게 장담하십니까?"

"여행자께서 방금 말하지 않았소, 성냥갑에 눈사람 노인이 그려져 있다고."

예상치 못한 대답에 눈사람은 당황했다.

"……눈사람 노인이 그려져 있기에 눈사람 노인이라고 한 것뿐입니다."

"성냥갑에 있는 그림은 보는 이의 꿈에 따라 다르게 보이는 마법의 그림이랍니다."

"마법의 그림?"

"왕이 되고 싶은 꿈을 품고 있는 자는 왕으로 보이고, 기사가 되고 싶은 사람에게는 기사로 보이고, 학자가 되고 싶은 자의 눈에는 학자로 보인다오. 아마도 여행자의 꿈은 눈사람 노인처럼 되는 것인 듯하오."

허탈한 대답이었다. 그러나 상점 주인의 말을 확인할 방법이 없었다. 상점에는 둘뿐이었기 때문이다.

잠시 후 노인은 손에 들고 있는 상자를 열었다. 상자 속에는 육각형 양초가 하나 들어 있었다.

"이 양초는 우리 상점에 있는 마지막 양초라오. 전에는 애써 찾으려 해도 못 찾았는데 오늘 다른 물건을 찾다가 눈에 띄어서 들고 나오는 중이었소. 이 양초는 진실을 볼 수 있는 빛을 내는 양초라오. 진실을 찾는 여행자에게 꼭 필요한 물건이지요."

눈사람은 하는 수 없이 양초도 구입했다.

골목을 빠져나와 범선으로 돌아가는 길에 눈사람은 생각했다.

'마법의 그림? 진실을 볼 수 있는 빛? 놀라운 상술이군!'

그렇지만 성냥을 구입하기 위해 상점으로 들어선 순간 노인이 왜 손에 양초를 쥐고 있었는지는 달리 설명할 길이 없었다.

이튿날, 눈사람은 모노와 작별 인사를 나누고 항구를 빠져나와 눈사람 노인의 저택으로 향했다. 눈송이가 바람에 휩쓸려 바다 쪽으로 날아가고 있을 즈음이었다.

태양 문양이 조각되어 있는 거대한 문을 통과해서 저택 안으로 들어섰다. 곧 깨달은 자들의 동상이 에워싼 드넓은 광장이 나타났다.

광장에는 수많은 상인이, 진수성찬이 차려진 식탁에 둘러앉아 열띤 토론을 벌이고 있었고, 그 뒤로 디가 말한 거대한 석판이 하나 서 있었다. 그 석판 위에는 '상품의 움직임을 읽는 자는 파산할 것이며, 시장의 움직임을 읽는 자는 풍요를 얻으리라'고 써 있었다.

석판 밑에는 수많은 인간이 서성이고 있었는데, 눈을 크게 뜨고 석판을 올려다보는 인간도 있었고, 석판에 있는 글귀를 중얼거리며 고개를 갸웃거리는 상인도 있었다.

"저게 무슨 뜻이오?"

상인들 사이에서 말이 흘러나왔다.

고개를 갸웃거리고 있던 남자가 옆사람에게 물었다. 질문을 받은 남자도 고개를 갸웃했다. 뒤에 서 있던 상인 하나가 끼어들었다.

"도대체 시장이 움직인다는 게 말이 됩니까, 시장에 발이 달렸소, 날개가 달렸소!"

주위에 있던 상인들이 고개를 끄덕였다.

"눈사람 노인은 어디에 있는 거요?"

머리에 두건을 두른 남자가 털옷을 걸친 남자에게 물었다.

"저택을 관리하는 집사는 눈사람 노인의 행방을 알고 있지 않겠습니까?"

상인이 대답했다.

"그 사람은 항상 똑같은 대답만 한다오."

다른 사내가 머리를 들이밀고 끼어들었다.

"뭐랍니까?

"그분이 원하는 것을 찾을 때 돌아온다고."

허리에 칼을 차고 있는 남자가 끼어들었다. 그의 눈동자는 번득이고 있었다.

"도대체 뭘 찾아 떠돈다는 거요?"

"거야 모르지요."

"눈사람 노인이 찾고 있는 게 금화겠소, 보물이겠소. 세상의 모든 희귀한 보물은 이 저택에 다 있을 거요!"

가방을 든 남자가 말을 섞었다.

"이보시오들 하나만 물어봅시다. 눈사람 노인이 있기는 있는 겁니까? 어찌된 일인지 눈사람 노인을 보았다는 이는 하나도 없고 소문만 무성합니다. 혹시, 저택의 주인이 명성을 얻기 위해 자신이 눈사람 노인이라고 퍼트린 거 아니오?"

이번에는 털옷을 걸친 중년 남자가 끼어들었다.

"낸들 알겠소."

"이런 낭패가 있나. 이곳에 오면 눈사람 노인을 볼 수 있다고 해서 먼길을 달려왔는데, 이해할 수 없는 글이나 올려다보고 돌아가야 한단 말이오. 이런 젠장!"

수염을 길게 기른 남자가 말을 나누고 있는 사람들에게 물었다.

"도대체 눈사람 노인은 어떻게 생겼답니까? 그 노인의 모습이라도 알아야 어딘가에서 만나도 알아볼 수 있지 않겠소.

세상을 여행하다보면 별 쓰잘 데 없는 것들이 자신이 눈사람 노인이라고 떠벌리고 다닌답니다."

잠시 침묵이 흐른 후 한 사내가 대답했다.

"어떤 이는 황금 갑옷을 입고 백마를 탄 기사 같다고 하고, 어떤 이는 밧줄을 멘 모험가 모습을 하고 있다고 했소."

"아니외다. 금빛 마차를 탄 왕 같다고 했소."

"그것도 아닙니다. 그는 별을 쳐다보고 있는 점성술사를 닮았다고 들었소."

"나는 수천의 병사를 거느린 장군 같다고 들었는데."

눈사람 노인의 모습에 대한 이야기는 하늘을 날아다니는 천사로, 열기를 빨아들이는 바람으로, 터무니없는 신화 같은 이야기로 변질되어갔다.

눈사람은 무리의 주변을 기웃거려보았지만 눈사람 노인의 행방을 알아낼 수 없었다.

'어쩌면 내가 가야 할 길은 이곳에 오기 전부터 정해져 있었는지도 몰라. 눈사람 노인이 어떤 모습을 하고 있든, 어디에 있든, 나는 겨울을 따라 움직일 수밖에 없어.'

눈사람은 무리를 뒤로하고 광장 끝으로 갔다.

끝없이 펼쳐진 도시를 내려다보는 순간 디의 눈빛이 떠올랐다. 그가 말한 세상의 중심이라는 표현은 적절했다. 그보다 더 어울리는 말은 없을 터였다.

바다처럼 드넓은 도시 위로 인간들이 파도처럼 떠밀려 다니고 있었다. 거대한 원형 경기장, 하늘을 찌를 듯이 솟아 있는 성당들, 수십 개의 대리석 기둥이 떠받치고 있는 신전들도 보였다. 검은 연기를 내뿜으며 꽥꽥 소리를 지르며 달려가는 긴 쇳덩어리도 보였다. 그 옆으로 마차와 흡사한, 자동차라는 것도 보였다.

세상의 중심을 내려다보며 상념에 잠겨 있을 때 눈송이 수가 급격하게 줄어들기 시작했다. 그나마 흩날리고 있는 눈송이마저도 바람을 타고 지평선 끝으로 날아가고 이윽고 눈송이가 모두 사라지고 온도가 올라가기 시작했다.

세상의 중심으로 여름이 다가오고 있었다.

눈사람은 시장으로 향했다. 성주에게 받은 금화로 말과 마차를 사고 물건도 장만했다. 지도를 구입하는 것도 잊지 않았다.

눈사람은 시장을 빠져나와 겨울의 꼬리를 쫓아갔다.

4부

하루가 가고, 한 달이 지나고, 일 년이 흘렀다. 그사이 눈사람은 폭설과 눈보라를 뚫고 수많은 시장을 옮겨 다녔지만 눈사람 노인을 만나지 못했다.

눈사람 노인을 보았다는 수많은 여행자를 만났지만 그들이 보았다는 눈사람 노인의 모습은 전부 달랐다. 왕도 있었고, 깨달음을 얻은 자도 있었고, 천문가도 있었다. 심지어는 마술사, 화가, 음악가……. 인간이 본 눈사람 노인은 천태만상이었지만 공통점이 있었다. 그 분야에서 최고의 위치에 오른, 부와 권력, 명예를 누리는 존재라는 것이었다. 그때부터 눈사람은 온갖 모습을 한 눈사람 노인을 찾아다니기 시작했다.

언젠가 왕의 모습을 한 눈사람 노인을 보았다는 말을 듣고

시장으로 달려갔지만 이미 눈사람 노인은 사라진 후였고, 책을 든 학자의 모습을 한 눈사람 노인이 가고 있다는 시장에 먼저 도착해서 기다리고 있었지만, 눈사람 노인이 목적지를 바꿨다는 말만 들어야 했다.

어느 날 인근 마을에 철학자의 모습을 한 눈사람 노인이 머물고 있다는 말을 듣고 밤새워 달려갔지만 그 마을은 이미 여름 속에 갇힌 후였다.

눈사람 노인이 머무는 곳을 알고 있다는 인간의 꼬임에 빠져 금화를 빼앗긴 일도, 사악한 인간의 유혹에 넘어가 열기 속에 갇힐 뻔한 일도 벌어졌다.

눈사람 노인의 그림자도 보지 못한 채 다시 3년이 흘러갔다.

눈사람은 지친 몸을 내려놓고 상념에 잠겼다. 밤하늘은 검은 구름에 가려 있었고, 멀리서 산짐승들의 울음소리가 들려왔다.

'눈사람 노인을 만나는 것은 헛된 꿈일까?'

눈사람은 지나온 여정을 떠올리고, 앞으로 가야 할 여정을 생각해보았다. 하지만 앞으로 간다 해도 눈사람 노인을 만난다는 것은 불가능해 보였다.

눈사람 노인의 존재에 대해서도 의심이 들었다.

'왜 인간이 본 눈사람 노인의 모습이 전부 다른 걸까?'

눈사람 노인은 어쩌면 인간 각자가 품고 있는 꿈의 또 다른 모습인지도 모른다는 생각마저 들었다.

시간이 흐를수록 눈사람 노인을 만날 수 있다고 믿었던 희망의 불씨도 꺼지고, 눈사람 노인의 형상도 희미해졌다. 그때부터 눈사람은 겨울의 끝을 찾아다니기 시작했다. 겨울을 벗어날 수 있는 비밀통로를 찾기 위해서였다.

3년이 흘렀다. 그사이 눈사람은 수많은 여행자를 만났지만 그 누구도 겨울의 끝이 어디에 있는지 알지 못했다. 다시 2년이 흐른 뒤 눈사람은 자신이 무엇을 좇고 있는지 가늠할 수 없는 지경에 이르렀고, 태양에 맞서는 꿈도 희미해졌다. 장사도 신통치 않아서 금화도 바닥 났다. 이제 더 이상의 여행은 힘들었다.

눈사람 마을로 돌아가기로 결심을 굳힌 눈사람은 짐을 꾸렸다.

짐을 다 꾸려놓고, 생기 없는 새벽을 쳐다보고 있을 때 삼십여 명의 상인이 시장으로 들어섰다. 그들은 여름을 따라다니며, 여름에 사용하는 물건을 판매하는 상인들이었다. 여름 상인들이 나타나는 것을 보니 눈사람이 머물고 있는 시장에도 곧 여름이 시작될 터였다.

그들에게서 눈사람 노인의 이야기가 들려오기 시작한 것은 눈사람이 시장을 막 나서려는 순간이었다. 그들의 말에 따르면 눈사람 노인과 함께 마을로 오던 중에 눈사람 노인 혼자서 뒤처졌다는 것이다.

"눈사람 노인이 이 마을로 오고 있소?"

눈사람은 그들에게 다가가서 물었다.

"보름쯤 지나면 만날 수 있을 거외다."

그러나 눈사람은 눈사람 노인이 도착할 때까지 기다릴 수 없었다. 눈사람이 머물고 있는 시장은 곧 여름이 시작될 것이기 때문이었다.

눈사람은 이번이 눈사람 노인을 만날 수 있는 마지막 기회가 될지도 모른다고 생각하며, 눈사람 노인이 오고 있다는 곳으로 마차를 몰았다.

흰 눈으로 덮여 있는 벌판 끝에 우물이 있고, 그 옆으로 나무 한 그루가 서 있는 낡은 주점이 보였다. 우물가에는 대략 오십쯤 되는, 상단 행렬이 부산하게 움직이고 있었는데, 그들은 여름 속으로 들어가기 전에 물항아리에 충분한 물을 채우기 위해 잠시 멈춘 것 같았다.

눈사람은 우물가에 마차를 세우고 상인들에게 다가가 눈사람 노인 이야기를 꺼냈다. 하지만 그 어떤 이도 대답을 하지 않았고, 심지어는 눈길을 주는 이도 없었다. 그들은 눈사람을 의식하지 못하는 것 같았으며, 눈에 보이지 않는 존재를 대하듯 눈사람을 대했다. 눈사람은 자신이 유령이 된 것 같은 참담한 마음을 부여잡고 상단을 빠져나왔다.

무리에서 빠져나왔을 때 우물에서 좀 떨어진 곳에, 눈 덮인 지평선을 바라보고 있는 늙수그레한 노인이 하나 보였다. 그는 하얀 옷을 걸치고 있었는데, 흰 눈이 반사하는 빛 때문에 눈이 부실 지경이었다.

눈사람은 그에게 다가가서 눈사람 노인 이야기를 꺼냈다.

그는 눈사람을 찬찬히 훑어보고 입을 열었다.

"……행색을 보아하니 세상을 떠돈 지가 오래된 것 같은데, 눈사람 노인이 풍요를 줄 것이라고 믿고 있다면 그만 가족 곁으로 돌아가게. 나는 풍요를 좇다가 인생을 허비하는 수많은 인간을 보았네."

"저는 풍요를 좇아온 것이 아닙니다. 꿈을 찾아가는 길입니다."

노인은 잠시 눈을 감았다가 뜨고는 대답했다.

"많은 이들이 꿈을 찾아 여행을 떠나지만, 대부분은 아무것도 얻지 못하고 돌아서지. 모두 신기루를 좇기 때문일세."

"눈사람 노인이 신기루라는 말씀입니까?"

"그는 신기루가 아닐세."

눈사람은 마른 침을 삼켰다.

"눈사람 노인은 인간 각자가 품고 있는 꿈의 결정체일세.

그래서 눈사람 노인이 다양한 모습으로 회자되는 것일세. 그대가 눈사람 노인을 찾아 떠도는 것처럼 인간 또한 자신만의 눈사람 노인을 찾아다니는 걸세."

노인이 말을 이었다.

"꿈을 좇는다고 다 꿈을 이룰 수 있는 것은 아니네. 꿈은, 각자의 운명과 우주의 이치가 맞물려서 탄생한 희망이기 때문일세."

노인은 철학자처럼 말하고는 지평선으로 시선을 보냈다.

"어떻게 하면 꿈을 이룰 수 있습니까?"

눈사람이 물었다.

"꿈을 이룰 수 있는 비밀은 우주에서 가장 위대한 의문을 품는 걸세. 그 의문을 품는 자만이 꿈을 이룰 수 있네."

노인은 이번에도 철학자처럼 대답했다.

"가장 위대한 의문이 무엇입니까?"

"의문을 품게 한 존재에 대해 의문을 품는 걸세. 그 의문을 품는 순간 의문을 품게 한 존재를 만나게 될 걸세."

'의문을 품게 한 존재?'

노인은 눈사람의 마음을 꿰뚫고 있었다.

"바로 그대의 영혼일세. 영혼을 만나는 순간 '나는 누구인가?'에 대한 답을 얻을 수 있을 걸세."

"저는 제가 누군지 알고 있습니다. 저는 눈사람입니다."

눈사람은 단박에 대답했다. 자신이 누구인지 너무도 잘 알고 있었기 때문이다.

노인의 시선은 지평선을 지나 미지의 세계로 뻗어나갔다.

"……자신이 눈사람이라고 믿고 있는 진실도 진실이 아닐 수 있다는 의문을 품게. 꿈을 찾는 여정은 거기에서부터 시작되는 걸세. 나는 누구인가?에 대해 의문을 품고, 그 깨달음을 통해서 자신이 누구인가를 알게 된다면, 그대의 꿈을 이룰 수 있을 걸세."

눈사람의 머릿속은 혼란스러웠지만, 노인의 가르침은 눈사람에게 가장 위대한 의문을 품게 했다.

'지금까지 온갖 의문을 품었음에도 왜 내가 누구인지 한 번도 의심하지 않았을까?'

눈사람의 마음을 움직이는 톱니바퀴들이 어긋나고 이탈하기 시작했다.

'눈사람이 아니라면 나는 누구일까?'

노인은 눈사람의 생각을 다 읽고 있었다.

"그 비밀은 스스로 깨달아야 하네."

"어떻게 깨달음을 얻을 수 있습니까?"

"방법을 알려줄 수는 있지만……. 아마도 혹독한 대가를 치러야 할 걸세. 어쩌면 목숨을 내주어야 할지도 모르네."

"죽는 것이 두려웠다면 이 여정을 시작하지도 않았습니다."

노인은 잠시 생각에 잠겼다가 지평선을 가리켰다.

"지평선을 넘어가면 그대가 누구인지 알 수 있는 세상이 있네."

"그곳은 어디입니까?"

"겨울의 끝일세. 겨울의 끝에서 자신이 누구인지 알게 된다면, 겨울을 벗어날 수 있는 비밀통로가 어디에 있는지 알 수 있을 걸세."

노인은 눈사람을 그윽이 바라보고, 흰 눈이 반사하는 빛 속으로 사라졌다.

지평선을 뒤로하고 반나절을 달려갔다. 이윽고 흰 눈으로 덮여 있는 높은 산이 나타났다. 산속으로 이어진 산길은 운무에 가려져 있었고, 무척이나 위험해 보였다. 길이라기보다는 길이 있었다고 가늠할 수 있는 희미한 흔적만 남아 있었다.

산속으로 들어갈수록 산세가 험해졌다. 하루에도 몇 번씩 눈사태가 일어나 길이 사라졌다. 힘겹게 그곳을 벗어나면 이번에는 까마득한 빙벽이 앞을 막아섰다.

열흘쯤 지난 뒤부터 날씨가 변덕스러워졌다. 눈보라가 휘몰아치다가 비로 변하고, 다시 진눈깨비로 바뀌면서 폭설을 동반했다. 그런 일이 벌어진 다음 날이면 어김없이 얼음이 얼고, 곳곳이 함정으로 변했다.

눈사람이 산 중턱에 도착했을 때 까마득한 절벽 밑으로 드넓은 평야가 내려다보였다. 평야의 중간까지는 흰 눈으로 덮여 있었지만, 그 뒤부터 지평선까지는 새싹이 돋아나 있었다. 평야는 이미 여름에 잠식당하고 있었다.

눈사람은 주위를 둘러보았다. 우측으로 눈보라에 잠겨 있는 거대한 흙빛 산이 보였다. 왔던 길을 되돌아가거나 평야를 가로지를 수 없다면 길은 그곳뿐이었다.

거대한 흙빛 산을 휘감고 있는 것은 눈보라가 아니었다. 대기를 떠다니고 있는, 표면이 날카로운 얼음 알갱이들이었다. 허공을 휘돌고 있는 그 알갱이들은 몹시도 위험해 보였지만 눈사람은 두려움을 떨쳐내고 산속으로 마차를 몰았다. 곧 고드름이 하늘을 찌를 듯이 솟아 있는 골짜기가 나타났다.

고드름 골짜기를 헤매고 다녔으나 결국 눈사람은 길을 찾지 못하고, 평평한 얼음 판석이 깔려 있는 곳에 멈춰서야 했다. 앞은 끝이 보이지 않는 낭떠러지였으며 좌우측은 절벽이었다. 거기다 낭떠러지 밑에서 날카로운 얼음 알갱이를 동반한 칼바람이 솟구쳐 올라오고 있었다.

더 이상 갈 곳이 없었다. 눈사람은 참담한 마음으로 주위를 둘러보았다. 휘돌고 있는 얼음 알갱이 사이로 얼음다리가 보인 것은 그때였다. 그 다리는 마차 한 대가 지나갈 수 있을 만큼 좁고, 매끄러웠다. 눈사람은 그곳으로 마차를 몰았다.

얼음다리 입구에 다다랐을 때, 얼음 알갱이가 소용돌이를 일으키며 한쪽으로 휘돌기 시작했다. 눈사람은 큰 시장으로 처음 떠나던 날 본 눈보라를 떠올렸다. 눈보라 뒤에는 미지의 도시가 있었다. 기회가 있었다.

눈사람은 주저하지 않고 말고삐를 당겼다. 바로 그 순간 얼음 알갱이의 소용돌이 속에서 날카로운 음성이 날아왔다.

"어서, 돌아가시오! 이곳을 지나는 순간 그대는 수천 개의 태양과 마주하게 될 것이오."

두려운 예언이었다. 눈사람은 마음을 다잡고 자신이 처한 현실을 생각하고 판단했다. 이미 바깥은 열기에 갇혔을 터. 돌아갈 수 없다면 앞으로 나아가는 것이 최선의 방법이었다. 용기를 움직이는 톱니바퀴가 쿵쾅거리며 힘차게 돌기 시작했다.

마침내 얼음다리를 통과했을 때, 수천 개의 태양이 열기를 내뿜는, 땅이 펄펄 끓고 있는 놀라운 세상이 펼쳐졌다. 눈사람의 살과 뼈가 타 들어가기 시작했다. 두려운 마음을 움직이는 톱니바퀴가 돌아가기 시작했다.

두 번째 음성이 날아왔다.

"겨울의 끝에서
방황하고 있는 영혼이여!
그대는 누구인가?"

"나는 진실을 찾는 여행자입니다!"

수천 개의 태양을 감싸고 있는 열기의 소용돌이가 거세어졌다. 마치 모든 것을 녹여서 빨아들일 기세였다.

"내가 누구인지 알고 싶습니다."

바로 그 순간 수천 개의 태양이 폭발했다. 온몸이 타 들어가는 고통 속에서 눈사람은 미지의 존재가 전하는 울림을 들었다.

"태양에 맞서는 순간
그대의 진실을 알게 되리라!"

그 음성과 함께 한순간에 열기의 파장이 만든 소용돌이가 사라지고, 한 치 앞도 보이지 않는 안개지대가 펼쳐졌다.

안개지대는 소리도 없고, 냄새도 없고, 감정도 느낄 수 없는, 무거운 침묵 속에 잠겨 있는 무음지대였다. 거기다 지금까지 느껴보지 못한 혹독한 추위와 미세한 눈 입자들이 뒤섞여 흐르고 있었다. 눈사람은 안개 속으로 마차를 몰았다.

눈사람은, 베일로 가린 흉측한 형상들과 마주치고, 불덩어리를 들고 달려드는, 인간을 닮은 구름을 따돌리고, 땅 밑으로 꺼지는 것 같은 전율을 느끼며 앞으로 나아갔다.

눈사람은 이제 두려움도 공포도 느끼지 않았다. 오직 '나는 누구인가?'에 대한 의문이 눈사람을 이끌었다.

안개지대를 빠져나갔을 때 까마득한 절벽 아래로, 반은 흰 눈으로 덮여 있고, 반은 열기에 휩싸여 있는 사막이 펼쳐졌다. 그곳은 혹독한 겨울과 이글거리는 열기가 공존하는 낯선 세상이었다.

마침내 절벽을 내려갔을 때 난생처음 보는 풍경이 눈앞에 펼쳐졌다. 투명한 얼음으로 만든 거대한 톱니바퀴들이 쿵쾅 거리며 돌아가고 있었는데, 톱니바퀴를 투과해서 날아오는 빛 때문에 눈이 부셨다. 곧 눈부신 빙판 끝으로, 하늘 끝에서부터 땅까지 칼로 자른 듯이 겨울과 사막으로 나누어져 있는 묘한 세상이 나타났다.

눈사람은 겨울과 사막의 경계지대를 따라 마차를 몰았다. 얼마쯤 갔을까, 언덕 위에서 아지랑이가 피어오르는 듯한, 어쩌면 사막의 열기 때문에 생긴 신기루일지도 모르는 물체가 보였다. 가까이 다가갈수록 형상은 또렷해졌다. 그것은 신기루가 아니었다. 인간이었다.

눈사람이 언덕 위에 도착했을 때 겨울 속에 서 있는 인간 하나가, 사막을 코앞에 두고 심각한 표정으로 사막을 응시하고 있었다. 잠시 후 그는 폴짝 뛰어서 사막의 열기 속으로 들어가서는, 돌아서서 다시 고민스러운 표정으로 냉기 가득한 겨울을 바라보았다. 그러고는 다시 폴짝 뛰어서 겨울로 와서는 다시 사막을 쳐다보다가 사막으로 넘어가서는 겨울을 바라보았다. 그 여행자는 똑같은 행동을 끊임없이 반복하고 있었다. 눈사람은 그가 겨울 속으로 왔을 때 그에게 다가가서 물었다.

"이곳에서 무엇을 하는 것입니까?"

"싸우는 중이라오. 나는 물러서지 않을 거요."

"싸우다니요? 누구하고 싸운다는 말입니까, 제 눈에는 아무것도 안 보입니다."

"사막에는 내 영혼이 있다오."

"당신의 영혼하고 싸우는 중이라는 말이오, 왜요?"

"내가 겨울에 있으면 사막에 있는 영혼이 나를 사막으로 오라고 호통을 친다오. 나는 열기가 이글거리는 사막이 두렵소."

"방금 전에는 사막으로 가지 않았습니까?"

"갔었지요, 내가 사막으로 가면, 내 영혼은 겨울로 냉큼 건

너가서는 나에게 겨울로 오라고 호통을 친다오. 하지만 나는 냉기만 있는 겨울이 두렵소. 그러니 어쩌겠소. 사막으로 가려고 하면 열기가 두렵고, 겨울로 가려고 하면 냉기가 두렵다오."

정말 슬픈 사연이었다.

"그러다가 당신의 삶이 다 지나갈 거요. 어느 쪽이든 하루속히 결정을 해야 하지 않겠소?"

눈사람이 말했다.

"아무래도 나는 내 영혼하고 갈등하는 운명을 타고난 것 같소, 그런데 당신은 어떻게 이곳까지 온 것입니까?"

"눈사람 노인을 찾아 다니다 보니 여기까지 오게 되었습니다."

"결국 당신도 눈사람 노인을 찾지 못하겠군요."

"어째서요?"

"50년 동안 이곳에 있었지만 눈사람 노인은커녕 생명체라고는 구경도 할 수 없었소. 이런 곳에서 어찌 그대가 눈사람 노인을 만날 수 있겠소."

눈사람의 눈이 휘둥그레졌다.

"50년이나 이러고 있었다는 말입니까?"

그는 한숨을 내쉬었다.

"……그런데 눈사람 노인은 왜 찾는 거요?"

잠시 후에 그가 물었다.

"태양에 맞서는 방법을 알고 싶기 때문입니다."

"태양이 두렵소?"

"그렇소."

"당신도 나처럼 두려움에 갇혀 있군요."

"두려움 때문이 아닙니다. 해결할 수 없는 문제가 있기 때문입니다."

"해결할 수 없는 문제라는 게 뭡니까?"

"나는 눈(雪)으로 만든 생명체이기에 태양 속으로 나설 수 없답니다."

그가 혀를 차고는 말했다.

"이제 보니 당신은 나보다 더 한심한 작자로군요."

"한심하다니요?"

"눈(雪)으로 만들어졌다고 믿는 당신의 마음도 두려움 때문입니다. 어서 사막으로 가보시오. 그대가 눈사람인지 아닌지 열기가 확인해줄 거요! 자신이 누군지 확인할 수 있는 기회가 코앞에 있소!"

그는 계속해서 다그쳤지만 눈사람은 두려웠다. 자신이 눈사람이라고 믿고 있는 것이 진실이 아닐 수도 있다는 생각이 들었지만, 막상 코앞에서 이글거리는 열기와 마주하니, 죽는 다는 것을 알면서도 열기 속으로 뛰어든다는 것은 용기가 아니라는 생각이 들었다.

"이보시오. 겨울을 벗어날 수 있는 기회가 코앞에 있소!"

그가 계속해서 다그쳤지만 눈사람은 두려움을 극복할 수 없었다.

"나는 눈사람 마을로 돌아가겠소."

결국 눈사람은 자신이 누구인지 확인하지 못하고, 겨울을 벗어날 수 있는 비밀통로도 알아내지 못하고 돌아섰다. 뒤에서 두 영혼이 다투는 소리가 들려왔다.

"나는 사막의 열기가 두려워!"

'이보게, 겨울은 춥고 먹을 것도 없다네.'

"그건, 사막도 마찬가지야."

"이제 그만 나와 함께 겨울로 가세."

"그러지 말고 나와 함께 사막으로 가세."

5부

배낭을 짊어지고 영험한 언덕 밑에 도착했을 때 밤하늘에 별이 하나 둘 나타나기 시작했다. 눈사람은 잠시 쉬어가기로 하고 바위에 걸터앉아 하늘을 올려다보았다.

'어머니는 살아계실까?'

눈시울이 붉어졌다.

'아내와 자식은?'

그리움이 밀려왔다. 털보 할아버지도 생각났다.

'아마도 털보 할아버지는 세상을 떠나셨을 거야.'

고목과 숨바꼭질하던 어린 시절도 그리웠다.

'인간들이 고목을 베어버린 것은 아닐까?'

눈사람이 상념에 빠져 있을 때 열기를 머금은 바람이 불어

왔다.

여름의 움직임을 염두에 두고 있었지만 여름의 이동 속도는 눈사람이 생각하는 것보다 빨랐다. 젊은 시절에는 이 정도 열기는 참을 수 있었지만, 지금 눈사람은 지칠 대로 지쳐 있었다.

영험한 언덕 위로 올라섰을 때 열기가 더 뜨거워졌다. 아무래도 열기를 피해야 할 것 같았다. 눈사람은 주위를 둘러보았다. 허물어진 오두막이 보였다.

눈사람은 지친 몸을 이끌고 오두막으로 들어갔다. 다행히도 오두막 안에는 냉기가 가득했다. 눈사람은 배낭을 내려놓고 흩어져 있는 덤불을 끌어모아 지친 몸을 기댔다. 눈이 감겼다.

눈사람이 눈을 뜬 것은 며칠이 지난 후였다. 허물어진 천장 사이로 둥근 달이 보이고, 부서진 문 바깥으로 언덕이 내다보였다. 달빛이 스며들어 곳곳에 흩어져 있는 널빤지와 산짐승의 배설물을 볼 수 있었다.

눈사람은 배낭을 집어 들었다.

'서두르자, 겨울이 사라지기 전에 눈사람 마을로 돌아가야 해.'

오두막을 나서는 순간 눈사람은 흠칫했다. 숨이 턱 막히고 피부에서 물기가 느껴졌기 때문이다. 이미 언덕에는 열기가 휘돌고 있었다.

눈사람은 여름 속에 갇히고 말았다. 이제 눈사람이 선택할 수 있는 것은 오두막에서 여름을 보내고 겨울이 오기를 기다리는 것뿐이었다.

눈사람은 흩어져 있는 널빤지로 허물어진 천장과 벽을 막고, 부서진 문을 보수했다.

보수가 끝나자 내부는 어둠에 휩싸였다. 눈사람은 양초에 불을 붙이고 자신이 직면한 현실을 직시해보았다. 생각하고 또 고민을 해보았지만 현실은 너무도 암담했다. 오두막에서 여름을 지낸다는 것은 불가능한 일이었기 때문이다.

낮인지 밤인지 모르는 시간이 흘러갔다. 가끔은 바람 소리가 들려오고, 우박인지도 모르는 작은 알갱이들이 지붕을 두드리는 소리도 들렸다. 내부의 열기가 거세어졌다가, 다시 냉기가 차는 날들이 이어졌다.

그런 날들이 지나간 후부터 오두막 안의 온도가 급격하게 상승했다. 숨을 쉬기도 힘들었고, 눈사람의 피부에서 굵은 물방울이 흘러내리기 시작했다.

두려움과 공포에 시달리는, 온갖 상념이 뒤섞이는 날이 지나가고, 눈사람의 내면이 잠잠해졌을 때 눈사람은 죽음에 직면한 현실을 받아들였다. 그리고 지나온 여정을 생각했다. 여정에서 만난 얼굴들이 하나 둘 떠올랐다.

사막을 앞에 두고 두려움에 떨고 있는 여행자가 생각났다.

'그는 아직까지도 영혼과 싸우고 있을까?'

세상의 중심이 보였다.

'지금도 눈사람 노인의 저택에는 눈사람 노인을 만나기 위한 발길이 끊이지 않겠지?'

낡은 상점의 주인이 떠올랐다.

'노인은 지금도 마법의 그림이 그려진 성냥과 진실을 볼 수 있다는 양초를 팔고 있을까?'

바다 위에 떠 있는 범선이 보이고 성주가 생각났다.

'성주는 풍요의 추억에서 벗어났을까?'

영험한 언덕을 내려가는 디의 뒷모습도 보였다.

'디는 가족 곁으로 돌아갔을까?'

눈사람 마을과 고목이 보이고, 길을 떠나는 아버지의 뒷모습이 보였다. 눈사람은 아버지와 함께했던 행복한 시간을 추억하고, 아버지와 함께 나눈 대화를 떠올렸다. 우주, 인간의 마을, 시장, 분수대, 영혼…… 그리고 비밀통로의 끝에는 또 다른 내 영혼이 있다고 한 말이 생각났다.

'나는 왜 지금까지 내 영혼을 만나지 못한 걸까? 나한테는 영혼이 없는 걸까?'

눈사람이 상념에 빠져 있을 때 아버지의 음성이 들려왔다.

'애야, 무슨 생각을 그리 골똘히 하고 있니?'

'지금까지 제 영혼을 만나지 못한 걸 보면 저한테는 영혼이 없는 것 같아요.'

'아니란다. 네가 느끼지 못할 뿐, 너는 항상 네 영혼을 만나고 있었단다. 네가 의문을 갖는 순간에도, 네 의지와 싸우는 순간에도 네 영혼은 항상 네 곁에 있었단다. 영혼은 너와 함께하는 영원한 동반자란다.'

'그런데 왜 한 번도 제 앞에 나타나지 않은 걸까요?'

…….

눈사람이 생각에 빠져 있는 사이에도 오두막의 온도는 계속해서 올라갔다. 마치 지붕 위에 불이 난 것 같았고 숨을 쉴 수조차 없었다.

눈사람은 열기를 피하기 위해, 널빤지 조각으로 굴을 파고 땅속으로 내려갔다. 하지만 채 며칠도 지나지 않아 그곳까지 열기가 내려왔다.

마침내 마지막 남은 양초의 불이 꺼지고 내부는 칠흑 같은 어둠에 휩싸였다. 어둠 속에서 들리는, 벽과 천장들이 어긋나고 틀어지는 소리는 마치 천둥소리 같았고, 오두막은 금방이라도 무너질 것 같았다.

'머지않아 나는 죽을 거야.'

눈사람은 자신의 몸이 녹아내릴 거라는 걸 알면서도, 살아서 눈사람 마을로 돌아갈 수 없다는 걸 알면서도, 삶에 집착했다. 집착은 두려움과 뒤섞이면서 죽음에 대한 집착으로 이어졌다.

죽음에 집착할수록 몸이 빠르게 녹아내렸다. 그러나 눈사람이 할 수 있는 것은 아무것도 없었다. 공포에 휩싸여 열기 가득한 오두막 안을 서성이다가, 덤불 위에 쓰러져 고통스럽게 잠이 드는 것이 전부였다.

급기야 눈사람은 몸을 가눌 수 없는 지경에 이르렀다. 호흡이 가빠지고, 감기는 눈꺼풀을 감당할 수 없을 때 세상의 중심에서 구입한 성냥과 양초가 불현듯 떠올랐다. 어머니에게 선물로 드리고 싶어서 고이 간직하고 있었던 것이다. 상인이 했던 말도 생각났다.

'이 초는 진실을 볼 수 있는 양초라오.'

눈사람은 마지막 힘을 다해, 배낭에서 성냥과 양초를 꺼내고 양초에 불을 붙였다.

양초가 타 들어가는 동안 아무 일도 일어나지 않았다. 상점 주인의 상술에 속았다고 눈사람은 생각했지만 그래도 생의 마지막 순간을 함께할 수 있는 빛을 준 그가 고마웠다.

이윽고 눈사람의 몸이 녹아내린 물은 기체가 되어 증발하기 시작했다. 눈사람의 영혼도 기체를 따라 허공으로 떠올랐다.

오두막을 빠져나간 눈사람의 영혼은 허공에 둥둥 떠서 푸른빛이 감도는 우주를 올려다보았다. 하나 둘 별을 내보이기 시작한 우주는, 눈사람을 향해 자신의 품으로 오라고 손짓하고 있었다.

눈사람은 우주를 올려다보며, 눈사람 마을을 벗어나 처음으로 영험한 언덕에 왔을 때를 떠올리고, 그날 품은 행복한 마음을 추억했다.

'겨울의 끝에는 겨울을 벗어날 수 있는 비밀통로가 있을지도 몰라.'

또 이런 생각도 했었다.

'여행을 하면서 수많은 존재를 만나고, 그들에게 깨달음을 얻어, 눈사람도 인간처럼 살 수 있는 세상을 만들 거야! 그럼 우주를 움직이는 톱니바퀴의 비밀도 알게 되겠지.'

그러나 눈사람은 비밀통로도 찾지 못했고, 인간처럼 살 수 있는 세상을 만들 수 있는 깨달음도, 우주를 움직이는 톱니바퀴의 비밀도 알아내지 못했다.

눈사람은 아쉬운 마음을 접고, 마지막으로 자신이 믿고 있는 진실에 대해 의문을 품은 순간을 떠올려보았다. 그러고는 그때 의문을 품지 않았다면 자신의 삶이 달라졌을지도 모른다는 생각이 들었다.

'그때 세상의 모든 것이 다 거짓에 가려져 있을지도 모른다는 의문을 품지 않았다면, 내가 믿고 있는 것들이 다 진실이라고 받아들였다면, 나는 여행을 떠나지 않았겠지, 그랬다면 이렇게 외딴 오두막에서 쓸쓸하게 삶을 마감하지는 않았을 거야.'

의문을 품고 그 의문에 이끌려 여행을 결심한 자신이 원망스러웠다.

눈사람은 우주로 가기 전에 마지막으로 영험한 언덕을 내려다보았다. 거대한 잣나무와 낡은 오두막이 보이고, 오두막 안이 보였다. 오두막 안에는 열기에 갇혀 녹아내리고 있는 자신의 육신이 있었다.

눈사람이 죽음의 문턱을 막 넘어서려는 순간 오두막 밖에서 미지의 소리가 들려오기 시작했다. 눈사람은 자신이 환청을 듣고 있다고 생각했다.

"나는 지금 뜨겁고 어두컴컴한 오두막 안에서 죽음을 기다리고 있네. 죽음을 앞둔 나에게 마지막 거래를 제안하고 싶네."

'도대체 정체가 무엇이길래 내가 처해 있는 처지를 자신의 일처럼 말하는 걸까? 그리고 마지막 거래는 무엇일까?'

눈사람은 자신은 이미 죽었고, 자신의 영혼이 말을 걸어오고 있는지도 모른다는 생각이 들었다. 그렇지 않고서야 나라고 부를 수는 없는 일이었기 때문이다. 미지의 소리가 이어졌

다.

"내 죽음을 앞당기는 조건으로 내가 찾고 있는 비밀을 알려주겠네."

'내 죽음을 앞당기는 조건?'

"그렇다네. 어차피 녹아서 죽을 운명, 좀 더 일찍 죽는다고 뭐가 달라지겠나. 하지만 내가 제안한 거래를 받아들인다면, 나는 지금까지 의문시했던 모든 비밀을 알게 될 걸세. 어떤가, 정말 좋은 거래가 아닌가. 내가 지금까지 했던 그 어떤 거래보다 좋은 조건일세."

미지의 목소리는 눈사람의 마음을 다 읽고 있는 것처럼 말했다.

'내가 나하고 거래를 하자는 건가?'

눈사람은 벽의 틈새로 밖을 내다보았다. 한여름 밤의 후텁지근한 열기 속에, 눈사람 하나가 오두막을 등지고 앉아 있었다. 그 눈사람은 모닥불 가에서 차를 마시면서 밤하늘의 반짝이는 별을 올려다보고 있었다. 그 눈사람이 말했다.

"내 조건을 받아들인다면 나는 평생 찾고 싶어 했던 의문에 대한 답을 알 수 있고, 우리는 이 후텁지근한 여름밤을 힘겹게 보내지 않아도 될 걸세. 선택은 나에게 달렸네. 오두막에서 나오든가. 아니면 그곳에서 죽든가."

눈사람의 입술이 저절로 벌어지고 말이 튀어나왔다.

"겨울까지 살아남을 수 있는 것은 제 의지입니다."

"내 몸은 이미 다 녹았네. 물이 된 후에는 흔적도 없이 사라질 걸세. 그렇게 되면 내가 이 세상에 왔다 간 흔적은 전부 사라지는 것이네. 그런데 나는 어찌 살아남겠다는 허세를 부리는가."

차를 마시고 있는 그 눈사람은 마치 자신이 죽어가고 있는 것처럼 말했다.

노인의 정체가 궁금했지만 깊게 생각하지 않아도 눈사람은 그의 정체를 알 것 같았다. 한여름 밤의 열기 속에서 인간처럼 차를 마시고 모닥불을 피울 수 있는 눈사람은 눈사람 노인뿐이었기 때문이다.

눈사람은 그가 눈사람 노인이라는 것을 확신하면서도 의심이 들었다. 눈사람 노인이 있는 곳을 알고 있다는 인간의 꼬임에 빠져 금화를 빼앗기고, 사악한 인간의 유혹에 넘어가 열기 속에 갇힐 뻔한 일도 있지 않은가. 어쩌면 그는 눈사람 노인의 탈을 쓴 인간인지도 모를 일이다.

눈사람이 의심을 품는 순간, 이번에도 어김없이 노인이 대답했다.

"내가 누군지는 중요하지 않네, 정말 중요한 것은 내가 품은 의문에 대한 답을 알려줄 수 있는 존재라는 걸세."

눈사람이 말을 받았다.

"그것만으로는 내 목숨을 담보로 한 거래를 할 수 없습니다. 오두막을 나서는 순간 저는 흔적도 없이 사라질 것입니다."

그는 차를 한 모금 마시고는 입을 다물었다. 침묵이 이어졌다. 그는 무엇인가 생각하는 것 같았다. 이윽고 그가 입을 열었다.

"……나를 부르는 이름은 수없이 많다네, 어떤 이는 꿈이라고 부르고, 어떤 이는 희망이라고 부르고, 어떤 이는 신기루라고 한다네. 더 이상은 알려줄 수 없네. 내가 누군지 알고 싶으면 오두막을 나서야 할 걸세."

그는 분명 눈사람 노인이었다. 세상에서 꿈, 희망, 신기루로 불리는 존재는 눈사람 노인뿐이었기 때문이다.

'그런데 눈사람 노인이 왜 나처럼 행동하는 걸까?'

눈사람은 혼란스러웠지만 노인이 제안한 거래를 신중하게 생각해보았다. 생각 끝에 눈사람은 결심했다. 거래를 제안한 존재가 눈사람 노인이든, 악마든, 죽음의 사자든…… 그가 누구든 자신이 품은 의문에 대한 답을 해줄 수만 있다면 그 거래는 분명 자신에게 유리한 거래였다. 지금까지 자신이 상인으로서 했던 그 어떤 거래보다 좋은 조건이었다. 눈사람은 오두막 안에서 흔적도 없이 사라지는 것보다, 의문에 대한 답을 알고 죽는 것이 가치 있는 죽음이라는 믿음과, 이번 거래가 내 인생에서 가장 멋진 거래라는 확신이 들었다.

눈사람은 반쯤 녹아내린 몸을 이끌고 오두막을 나섰다. 후끈한 열기가 뼛속까지 파고들었다. 그나마 남은 몸이, 순식간에 녹아내리고 심장이 타 들어가기 시작했다.

모닥불 가에 앉아 있는 노인은, 눈사람이 어릴 때부터 본 눈사람 노인과 똑같은 모습을 하고 있었다.

'도대체 이 노인의 정체가 뭘까?'

눈사람이 의문을 품는 순간 그 의문에 대답이라도 하듯이 노인이 입을 열었다.

"나는 내가 만나고 싶어 하는 영혼일세."

'영혼? 영혼을 들먹이는 것을 보면 의문에 대한 답을 알려준답시고 눈사람을 해하려는 사악한 인간이 틀림없어!'

"아직도 인간을 용서하지 않은 겐가? 이제 그만 인간을 용서하게. 털보 할아버지가 섭섭해하실 걸세."

눈사람은 당황한 기색을 숨기지 못했다. 이제 모든 것은 명확해졌다. 노인은 자신의 영혼이 분명했다.

"어째서 죽음에 임박한 지금에서야 나를 찾아온 것입니

까?"

눈사람이 물었다.

"나는 수차례 나를 찾아갔었네. 눈사람 노인의 모습을 한 나를 영혼으로 받아들일 수는 없었겠지만 아쉬웠네."

'눈사람 노인? 지금까지 내가 본 눈사람 노인이 내 영혼이었단 말인가?'

눈사람은 의아해서 노인에게 물었다.

"왜 눈사람 노인의 모습을 한 것입니까?"

"나를 겨울 속에서 나오게 하기 위해서였네. 태양의 열기 속에 서 있는 나를 보고, 태양에 맞서는 꿈을 품고, 태양 속으로 나서라고 독려하기 위해서였지. 하지만 나는 태양에 맞서는 꿈을 품었지만 두려움 때문에 겨울을 벗어나지 못했네. 그래서 어쩔 수 없이 나를 여행으로 이끌 수밖에 없었네."

"여행으로 이끌다니요?"

"인간 마을의 시장에서 경쟁자가 나타나 파산에 직면했을 때, 그때 큰 시장을 알려준 것은 나일세."

"아닙니다. 큰 시장으로 가야 한다는 결심은 제 스스로 위기를 돌파하기 위한 용기였습니다."

노인은 껄껄껄 웃었다.

"그때 나는 두려움에 빠져 사경을 헤매고 있었네. 뜨거운 문고리를 잡고 열기가 이글거리는 집 밖으로 나서기 직전까지 갔었지. 그때 나는 자식의 목소리를 들려주었고, 큰 시장을 떠올리게 했네. 내가 문을 열고 나서는 순간 나도 사라질 것이기 때문이었네. 죽음이 두려운 건 나도 마찬가질세. 내 몸속에 나도 있었으니까."

"그럴 리가 없습니다!"

"그뿐만이 아닐세, 큰 시장이 사라진 후 영험한 언덕으로 이끈 것도, 세상의 모든 것이 다 거짓에 가려져 있을지도 모른다는 의문을 품게 한 것도 나일세. 그리고 인간 아이들과 뛰놀고 싶은 욕망도, 햇빛을 받는 느낌이 뜨거운지, 따스한지에 대한 의문도, 그리고 햇빛이 눈송이보다 더 부드럽다고 상상한 것도 다 내가 한 걸세. 또 아버지와 나눈 대화 중에 떠오른 의문도, 우주, 톱니바퀴 그리고 여행 중에 떠오른 질문도 다 내가 보낸 메시지일세."

"노인께서 정말 내 영혼이라면, 왜 태양에 맞서는 비밀을 알려주지 않고 의문만 갖게 했습니까. 의문만 갖게 할 게 아니라 답을 알려줄 수는 없었나요?"

"나는 내가 품은 의문에 답을 할 수 있는 존재가 아닐세. 나 또한 내 영혼, 자네와 함께 생각하고 내 영혼과 나 사이에서 일어나는 마음의 대립쌍을 조율하는 영혼일 뿐이네."

"두 영혼이 겨울 속에서 함께 두려움을 극복하고, 함께 용기를 키워 태양에 맞설 수도 있었습니다."

"그랬다면 우리는 겨울 속에서 갇혀 살아야 하는 운명에서 벗어날 수 없을 걸세. 내 마음속에서 태양에 맞설 수 있는 용기라고는 찾아볼 수 없었으니까."

"아닙니다. 나는 내 운명에 맞서기 위해 최선을 다했습니다. 큰 시장으로 가는 길에 만난 눈보라를 헤쳐나갔고, 죽음을 무릅쓰고 얼음 알갱이가 휘돌고 있는 흙빛 산도 통과했습니다."

"그건 용기가 아니네. 용기라고 착각하고 있는 걸세."

"아닙니다! 뼈와 살이 타 들어가는 고통을 감수해야 하는 엄청난 용기였습니다!"

"그때 용기를 내서 얻은 것은 아무것도 없네. 겨울에서 좀 더 넓은 겨울로 이동한 것뿐일세. 진정한 용기는 겨울을 벗어나 여름으로 이동하는 것이네. 내 몸이 녹아내리는 두려움을 이겨내고 열기 속으로 나설 때, 용기를 움직이는 톱니바퀴가 돌아가고, 두려움을 움직이는 톱니바퀴가 사라지는 기쁨을 만끽할 수 있네. 그 경험을 하고 나면 두려움을 움직이는 톱니바퀴가 녹슬고 영원히 두려움이 사라지게 되는 걸세."

눈사람은 고개를 떨구었다. 노인의 말은 다 사실이었기 때

문이다. 수많은 의문을 품고, 길고 긴 여정을 지나왔음에도 변한 것은 아무것도 없었다.

숲에서 새가 날아올라 허공을 선회하다 이윽고 하늘 끝으로 사라졌다. 노인이 입을 열었다.

"낙심하지 말게. ……지금 내 가슴에는 기쁨이 가득하네. 내가 제안한, 죽음을 담보로 한 거래를 받아들인 나에게 감사하네. 만약에 내가 내 거래를 받아들이지 않았다면 우리는 지금쯤 둘 다 사라졌을 걸세."

노인은 잠시 말을 끊고 밤하늘에 빛나는 별을 바라보다가 말을 이었다.

"……이제 우리가 만날 수 있는 시간도 얼마 남지 않았네. 곧 진실을 볼 수 있는 촛불이 꺼질 걸세. 그 전에 우리의 거래를 끝내야 하네. 우리는 한 몸을 사용하고 있는 두 영혼이지만 그래도 죽음을 담보로 거래를 했으니 이제 내가 품은 의문에 대한 답을 알려주겠네."

눈사람은 숨이 멎는 기분이었다.

"내가 품고 있는 모든 의문에 대한 답은 작은 깨달음 속에 있네."

"그게 무엇입니까?"

"인간은 누구나 자신이 눈사람이라고 생각하는 순간부터

눈사람이 된다네. 그때부터 눈사람의 허상을 뒤집어쓰고, 태양을 두려워하게 되고, 겨울 속으로 숨어버리지. 그게 눈사람의 허상을 뒤집어쓴 인간의 운명일세."

'인간이라니, 내가 눈사람의 허상을 뒤집어쓴 인간이란 말인가? 그럴 리가 없어, 인간의 몸은 녹아내리지 않아!'

"어리석은 내 모습이여. 지금까지 단 한 번도 몸이 녹아내린 적은 없네."

"지금도 몸이 녹아내리고 있습니다! 그런데 어찌 몸이 안 녹는다고 거짓을 말하는 것입니까?"

"그건 진실이 아닐세. 내 스스로 눈사람이라고 믿고 있는 마음 때문에 몸이 녹아내리고 뼈가 타 들어간다고 믿고 있는 걸세. 내 몸을 보여주겠네. 그럼 내 말을 믿게 될 걸세."

노인은 깊은 시선으로 눈사람을 바라보았다. 바로 그 순간 눈사람의 시선이 눈사람 노인의 눈동자 속으로 빨려들어갔다. 눈사람은, 눈사람 노인의 시선으로 지금까지 보지 못한 자신의 몸을 볼 수 있었다. 자신의 몸은 녹아내린 것도, 뼈가 타 들어간 것도 아니었다. 그저 행색이 남루한, 여정에 지친, 한 인간이 있었다.

"인간의 사고는 자신이 믿는 쪽으로 움직이게 되어 있네. 그래서 누구나 자신이 원하는 존재가 될 수 있는 걸세."

노인은 영혼의 역할을 다한 듯이 짐을 챙기고 말에 올라 덧붙였다.

"사고가 잘못된 믿음을 지배할 때 잘못된 믿음은 진실이 된다네. 그 과정은 우리의 마음속에 있는, 수많은 감정을 움직이는 톱니바퀴에 의해서 일어나네. 지금부터라도 그 톱니바퀴를 잘 사용하게. 인간의 운명은 수많은 감정의 조율에서 결정되기 때문일세. 건투를 비네!"

"우리는 더 이상 만날 수 없는 것입니까?"

눈사람이 물었다.

"진실의 촛불은 누구나 한 번만 사용할 수 있네. 나는 이제 좀 쉬어야겠어."

노인은 그렇게 말하고는 눈사람에게 마지막 말을 남기고 언덕을 떠났다.

"……내가 또 나타나야 할 때가 있다면 ……내가 태양에 맞선 후에, 태양 속에서 살기 힘들다고 다시 겨울 속으로 숨으려 할 때, 그때 나는 겨울 속에서 나타날 걸세. 그리고 태양에 맞서는 삶이 아무리 힘들어도 다시 겨울 속으로 오지 말라는 메시지를 보낼 걸세. 그때는 지금과 다른 모습을 하고 있겠지만 나는 내가 누군지 금세 알아볼 수 있을 걸세."

눈사람이 정신을 차리고 눈을 떴을 때 가장 먼저 시야에 들어온 것은, 빈틈없이 막았다고 믿은 벽의 틈새가 숭숭 뚫려 있는 광경이었다. 두 번째는 오두막의 내부를 훤하게 볼 수 있다는 사실이었다. 그제야 눈사람은 몸을 녹일 것 같은 열기도, 칠흑 같은 어둠도 두려움이 만든 환영이라는 것을 깨달았다.

눈사람은 한시라도 빨리 오두막의 문을 박차고 뛰어나가고 싶은 충동을 느꼈지만, 잠시 그 충동을 접고 스스로 자신의 육신을 가둔 오두막을 둘러보았다. 덤불 위에는 자신이 발버둥친 흔적이 남아 있었고, 땅 밑으로 판, 굴의 주위에 쌓여 있는 흙속에는, 핏자국이 선명한 닐빤지 조각들이 파묻혀 있었다. 살아남기 위해 발버둥친 흔적들이었다.

눈사람은 스스로 고통 속으로 운명을 끌어들인 흔적을 잊지 않기 위해 가슴에 새겼다.

눈사람이 오두막 문을 박차고 나섰을 때 산등성이 위로 이글거리는 태양이 떠오르고 있었다. 눈사람은 온몸으로 햇빛을 받으며 기쁨을 만끽했다.

눈사람이 기쁨에 도취되어 있을 때 우주에서 바람이 불어오기 시작했다.

눈사람의 시선이 하늘 끝으로 향했다. 우주의 바람이 눈사람의 마음속으로 들어왔다.

'겨울을 벗어날 수 있는 비밀통로는 겨울의 끝에 있는 게 아니라 내 마음속에 있어. 그동안 내가 비밀통로를 보지 못한 것은 내 마음속에 있는, 두려움을 움직이는 톱니바퀴가 비밀통로를 막고 있었기 때문이야.'

눈사람의 표정은 깨달음을 얻은 선지자 같았다.

이윽고 만물이 형형색색의 피부를 드러내기 시작했다. 눈사람은 하늘에서 떨어지는 빛으로 이름 모를 꽃과 싱그러운 풀밭을 볼 수 있었다. 이름 모를 새소리가 들려오고 나비들이 날아들었다. 아, 그곳은 천국이었다.

'내가 만약 눈사람 노인이 제안한 거래를 받아들이지 않았다면 과연 나는 이런 기적을 체험할 수 있었을까!'

눈사람은 태양을 올려다보며 눈사람 노인, 아니 눈사람 노인의 모습을 하고 자신을 태양 속으로 이끈 영혼에게 감사했다.

Epilogue

하늘 끝에서 태양이 불타고 있는 어느 날 눈사람이 언덕에 나타났다.

무성한 잎사귀를 흔들며 고목이 말을 걸어왔다.

'이제야 돌아왔구나. 태양 아래 서 있는 너를 보니 네가 누군지 깨달은 것 같구나?'

'나는 눈사람의 허상을 뒤집어쓴 인간이었어.'

'축하해 커크, 눈사람 노인을 만났구나?'

눈사람은 고개를 끄덕이고 대답했다.

'눈사람 노인은 지금쯤 비밀통로 끝에서 편히 쉬고 있을 거야, 내가 겨울 속으로 갈 일은 없을 테니까.'

고목이 나뭇가지를 흔들어 햇살을 뿌려주었다.

'내 줄기를 타고 올라와. 피부는 좀 거칠지만 여기서 보는 세상은 네 마음을 상쾌하게 해줄 거야.'

눈사람은 고목의 끝으로 올라갔다. 그곳에는 우주가 펼쳐져 있었다.

'커크, 여행에서 얻은 깨달음을 나한테도 들려줄래?'

고목이 잎사귀를 살랑살랑 흔들었다.

'나는 내가 살고 있는 겨울보다 더 좋은 세상이 있다는 것을 알고 있었음에도 겨울을 벗어날 수 없었어. 눈사람의 허상을 뒤집어쓰고 겨울 속으로 숨어버렸기 때문이야.'

'왜 그랬을까?'

'새로운 세상이 두려웠기 때문이야. 내가 가고자 했던 새로운 세상에는 두려운 존재들, 이글거리는 열기, 태양이 있었거든.'

'그런데 어떻게 두려움을 이겨내고 태양으로 나설 수 있었니?'

'눈사람 노인이 있었기 때문이야.'

'눈사람 노인?'

'눈사람 노인은 내 영혼이었어. 내 영혼은 내가 꿈을 품게 하고, 그 꿈을 이룰 수 있는 길을 제시해주는 존재거든. 내 영혼이 나를 여행으로 이끌었고, 나는 영혼을 따라나선 거야.'

'결국 영혼은 대립쌍 같은 존재구나.'

'그래, 나를 이끌어주는 대립쌍. 영혼이 없으면 내가 변할 수 없고, 발전할 수 없어. 우주 또한 마찬가지라고 생각해.'

'우주는 인간처럼 간단한 구조로 이루어진 존재가 아니야. 인간은 두 영혼이 대립쌍을 이루고 있지만 우주는 수십억 개의 톱니바퀴가 대립쌍을 이루고 있단다.'

잠시 후에 눈사람이 고목에게 물었다.

'······수십억 개의 톱니바퀴 중에서 하나의 위치를 바꾸면 우주가 혼돈에 휩싸인다고 한 말 기억나?'

'그럼, 그건 바꿀 수 없는 진리야.'

'······네가 잘못 알고 있을 수도 있어.'

'그 진리는 태곳적부터 내려온 거란다. 내가 씨앗으로 이 땅에 도착했을 때, 바람이, 햇살이, 구름이······ 우주가 들려준 얘기거든.'

'그럼, 우주도 잘못 알고 있는 거야.'

'여행 중에 무슨 일이 있었길래 그런 생각을 품게 되었니?'

'눈사람 마을로 돌아오는 길에, 태양 속을 걸어오면서 내가 왜 눈사람으로 살게 되었는지, 왜 그런 혼돈 속에 빠졌는지 생각해보았어. 나는 내가 처해 있던, 겨울이라는 환경이 나를 눈사람이라고 믿게 만들고, 눈사람의 운명을 내 운명으로 받아들일 수밖에 없었던 진실을 들여다보게 되었어. 진실을 알고 나니 어쩌면 세상을 둘러싸고 있는 우주라는 곳도 우리가 믿고 있는 진실처럼 균형을 유지하고 있는 게 아니라 혼돈에 싸여 있을지도 모른다는 생각이 들어.'

'우주가 혼돈에 싸여 있으면 우리는 존재할 수 없어.'

'우주가 혼돈에 싸여 있는데 우리가 존재한다면, 바람, 햇살, 구름, 네가 믿고 있는 진실은 진실이 아니야.'

'그럴 리가 없어.'

'지금까지 우리는 혼돈에 싸여 있는 우주를 방치해두고, 그걸 균형이라고 주장하고 있는지도 몰라. 그랬다면 이제 혼돈에 싸여 있는 우주를 바로잡아야 하지 않을까.'

'어떻게?'

'우주를 움직이는 톱니바퀴를 바꾸면 돼. 그럼 지금보다 더 살기 좋은 세상을 만들 수 있고, 그 톱니바퀴를 잘 이용하면 우리가 변할 수 없다고 믿고 있는 모든 것을 바꿀 수 있어!'

여행에서 돌아온 다음 해 성주가 눈사람을 찾아왔다. 그는 수많은 하인을 거느리고 화려한 마차를 타고 왔다.

"예전보다 좋아 보입니다?"

눈사람이 먼저 말을 건넸다.

"한 치 앞도 내다볼 수 없는 폭설 속에서 성을 보수하는 당신을 보면서 많은 생각을 했습니다. 그러자 사라진 풍요 속에서 안주하고 있는 제 모습이 보이기 시작했고 마치 제가 겨울 속에 갇혀 있는 눈사람 같았습니다. 이어 태양이라는 두려운 존재가 보이기 시작했습니다. 그때 제 영혼이 나타나 새로운 세상을 보여주었습니다. 저는 용기를 내어 새로운 세상을 향해 달렸습니다. 제 운명을 바꿀 수 있다고 믿었기 때문입니다. 제 영혼을 만날 수 있었던 것은 모두 당신 덕분입니다."

"혹시 더 힘든 시련이 닥친다면 두려움을 움직이는 톱니바퀴가 다시 돌아가지 않을까요?"

"그런 일은 없을 겁니다. 지금은 하도 오랫동안 사용하지 않아서 두려움을 움직이는 톱니바퀴가 사라졌습니다."

다음 해에 디가 찾아왔다. 그는 자신의 바람대로 가족 곁에 머물고 있었다. 그는 풍요를 좇던 시절보다 행복해 보였다.

"예전에는 세상에서 제일가는 갑부가 되는 것이 꿈이었습니다. 그래서 상품을 공부했고, 시장을 쫓아다녔습니다. 하지만, 저는 그 믿음을 내려놓고 가족의 곁으로 돌아가서야 깨달음을 얻었습니다."

"어떤 깨달음을 얻었습니까?"

"당신과 함께 있을 때 내색은 하지 않았지만, 그때 저는 두려움에 갇혀 있었습니다. 풍요를 좇을 때는 풍요를 잡을 수 없다는 두려움에, 풍요를 얻었을 때는 풍요를 잃어버릴 것 같은 두려움에. 항상 두려움에 갇혀 있는 제 영혼을 보면서 제가 두려움 그 자체가 된 것 같았고, 내 존재의 의미를 찾을 수 없었습니다. 그리고 무엇이 진정한 삶일까 하는 의문이 싹텄습니다. 그때 내 영혼이 들려주는 답을 들었습니다."

"그게 무엇입니까?"

"내가 어떤 꿈을 꾸든 그 중심에는 내가 있어야 하고, 나를 잃어버리지 않을 때 행복을 얻게 된다는 것입니다."

"오, 인간의 본질을 깨달았군요."

디가 돌아간 후 눈사람은 자신의 영혼과 싸우고 있는 인간을 떠올렸다. 그는 눈사람의 마음속에 있는 톱니바퀴였다.

눈사람은 겨울의 끝을 알려준, 우물가에 있던 노인과 성냥과 양초를 판 노인도 생각해보았다.

두 사람을 생각하고 있자니 눈사람의 입가에 행복한 미소가 번졌다.

'그래, 둘 다 눈사람 노인이 다른 모습을 하고 나타난 거야.'

영험한 언덕에서 만난, 눈사람 노인의 모습을 하고 있는 영혼의 음성이 들려왔다.

'인간의 사고는 자신이 믿는 쪽으로 움직이게 되어 있네. 그래서 누구나 자신이 원하는 존재가 될 수 있는 걸세. 건투를 비네!'

눈사람은 다른 눈사람들을 한자리에 모아놓고 눈사람 노인 이야기를 들려주었다.

 눈사람 노인의 진실이 알려진 후 많은 눈사람이 겨울을 벗어나 태양에 맞서게 되었다. 그러나 일부 눈사람들은 지금도 눈사람의 삶에서 벗어나지 못하고 있다. 이유는 단 하나였다. 태양에 맞서는 것이 두렵기 때문이다. 태양에 맞서는 순간 녹아내릴 것 같은 두려움이 그들의 발목을 잡고 있는 것이다.

 눈사람들이 돌아간 후 늦은 시각에 젊은 남자 하나가 눈사람을 찾아왔다.
 "그대는 누구인가?"

눈사람이 물었다.

"저는 태양이 무섭습니다. 태양이 내뿜는 이글거리는 열기는 제 살과 심장을 녹이고 급기야는 뼈까지 태워버릴 테니까요. 그것이 제 운명입니다. 태양이 있는 한 제 운명은 바뀌지 않을 것입니다. 저는 누구입니까, 진실을 알고 싶습니다?"

눈사람은 이렇게 말해주었다.

"태양에 맞설 수 있는 용기가 있다면 그대가 누군지 알게 될 걸세. 물론 그 선택은 자네 몫이네."

작가의 말

시간이 지나고 난 후 생각해보니 필자에게도 하늘의 별만큼이나 꿈이 많은 시절이 있었다. 지금도 가끔 수많은 그 꿈을 떠올리고, 그 꿈들이 언제, 어떻게, 어디로 사라졌는지 생각해본다.

돌이켜보면 내 영혼이 태양의 중심에 우뚝 서서 나타날 때마다, 나는 내면 속으로 숨어버린 것 같다. 내 영혼이 이끌고자 하는 새로운 세상이 두려웠고, 영혼이 제시한 새로운 꿈은 불확실했기 때문이다. 그때부터 나도 눈사람의 허상을 뒤집어쓰고 겨울 속으로 숨어버렸다. 그래서 그 많은 꿈이 사라져버린 것이다.

인간은 누구나 자신의 영혼을 만나고 있다. 물론 독자마다 다르겠지만 필자의 경우에는 삶에 대해 온갖 의문을 품을 때 내 영혼을 만난다.

　필자가 어린 시절에 만난 영혼은 나를 둘러싸고 있는 환경에 대한 의문을, 삶의 고통에서 만난 영혼은 운명에 대한 의문을, 잠시나마 풍요에 빠져 있을 때 나타난 영혼은 삶에 대한 의문을, 아버지가 떠나시던 날 본 영혼은 죽음에 대한 의문을 갖게 했다. 물론 만물의 속삭임을 들을 때 만난 영혼도 있었고, 사랑에 빠졌을 때 만난 영혼도 있었다. 필자가 처해 있는 환경은 모두 달랐지만 필자 앞에 나타난 영혼은 언제나 필자의 삶을 조율해주는 역할을 했다.

　두려움은, 새로운 세상으로 가는 길에서 나타난 미지의 존재들에 대해 소극적인 태도를 갖게 한다. 이유는 단 한 가지다. 새로운 것은 불확실하기 때문이다. 그러나 새로운 세상보다 더 불확실한 것은 독자가 안주하고 있는 안식처인지도 모른다. 지금도 누군가 당신의 안식처를 빼앗기 위해 눈독을 들이고 있을지도 모르기 때문이다. 어쩌면 그 존재가 지금 독자의 등 뒤에 도착해 있는지도 모른다.

인간은 누구나 꿈을 꾼다. 어떤 이는 태양에 맞서는 꿈을, 어떤 이는 왕이 되고 싶은 꿈을, 그리고 기사가 되는 꿈, 철학자가 되는 꿈을 꾸고 있을 것이다.

혹시 꿈이 이루어지지 않는 독자가 있다면 자신이 눈사람인지 의심해보아야 한다. 어쩌면 당신도 겨울 속에 갇혀 있는 눈사람인지도 모르기 때문이다.

오일구